Christian Humberg

Sagenhaft Eifel!
Abenteuer in einer fantastischen Region

Buch 8
Das Rätsel von Schönecken

Impressum

Text & Konzept: Christian Humberg
Serienidee: Sven Nieder & Christian Humberg
Titelbild & Illustrationen: Martin Frei
Lektorat: Wibke Sawatzki
Fotografien: Sven Nieder
Layout: Björn Pollmeyer
Überschriften: Gnaramops von Markus Spang

Gedruckt in der Europäischen Union, Finidr, CZ

© 2023 Eifelbildverlag,
ein Imprint der Kraterleuchten GmbH, Gartenstraße 3, 54550 Daun
www.eifelbildverlag.de

ISBN 978-3-98508-035-9

www.sagenhaft-eifel.de

Für Julian.

Mögen dir nur »echte« Menschen begegnen –
und das stets mit einem Lächeln.

Die Helden
von Burg Krähenfels

Lena

Elias

Pikrit

Lena Schäfer ist elf, sportlich und alles andere als ein »typisches Mädchen«. Wo andere Prinzessin spielen, spielte sie schon früh viel lieber Fußball. Niemand in ganz Krähenfels klettert die glitschige Eiche auf dem Schulhof schneller hoch als sie. Lena hasst Lügen, Physikhausaufgaben und Rosenkohl. Am liebsten hält sich das kontaktfreudige blonde Mädchen, das jede neue Hose binnen weniger Stunden an den Knien aufgescheuert bekommt, im Freien auf.

Elias Schäfer ist elf, Stubenhocker und ziemlich schlau. Der schwarzhaarige Junge mit den vielen Allergien fühlt sich zwischen Büchern und Computern deutlich wohler als in der freien Natur. Sein liebster Lieblingsort von allen ist das Computerzimmer auf Burg Krähenfels. Elias durchschaut manches Rätsel schneller als seine Freunde. Auch wenn er zwei linke Hände und eine riesengroße Brille hat, helfen sein Grips und sein immenses Wissen Lena und ihm aus vielen Gefahren.

Pikrit ist ein Vulkanteufelchen niedrigsten Ranges und das Maskottchen des Internats Krähenfels, lebt es doch als Haustier bei Direktor von Schlotterfest. Pikrit ist etwa so groß und rund wie ein kleiner Fels und am ganzen Leib mit einer Haut aus Lavagestein bedeckt. Er hat lächerlich dünn wirkende Arme und Beine, in denen enorme Kraft schlummert, und eigentlich immer Hunger. Wenn er möchte, kann er sich unsichtbar machen (Experten erkennen seine Anwesenheit dann aber trotzdem noch an seinem Schwefelgeruch). Obwohl Pikrit nur selten spricht, zählen Schimpfen und Grummeln zu seinen Lieblingsbeschäftigungen. Ginge es nach ihm, läge er den ganzen Tag dösend in der Sonne; doch sein Herrchen zwingt ihn, auf Elias und Lena aufzupassen.

Prof. Dr. Dr. **Hilarius von Schlotterfest** ist der weit gereiste Leiter des Internats und Gerüchten zufolge älter als die von ihm so geliebten Eifelvulkane. Die größte Leidenschaft des weisen Direktors ist es, unheimlichen und mysteriösen Dingen auf den Grund zu gehen. Das beweist auch Krähenfels, hat er mit den dortigen Lehrern doch einige der mysteriösesten »Dinge« versammelt, die ihm auf seinen Reisen begegneten. Die Eifel mit ihren vielen Geschichten fasziniert Schlotterfest sehr; entsprechend nachsichtig reagiert er auf das ähnliche Interesse der Zwillinge.

~

Kapitel 1
Die Weisheit der Yolanda

»Hatschi!« Elias Schäfer verzog das Gesicht und suchte in den Taschen seiner Hose nach einem Taschentuch. »Ach, es ist doch wie verhext. Jedes Jahr dieselbe Leier.«

Seine Schwester Lena half ihm aus. »Hast du dich erkältet, Hohlbirne?«

Sie grinste dabei, denn sie wusste es besser.

»Ha ha«, erwiderte der Junge brummend. »Das ist der elende Heuschnupfen. Weißt du doch. Kaum steht der Frühling vor der Tür, schon kommt meine Nase wieder auf dumme Gedan…«

Es blieb ihm nicht vergönnt, den Satz zu beenden. Denn ein weiterer Nieser raubte ihm die Stimme und kurz den Atem. Elias fluchte leise und schnäuzte sich dann in einer Lautstärke, auf die jeder Elefant neidisch gewesen wäre.

Die Zwillinge Lena und Elias waren mit ihren Mitschülern und Lehrern unterwegs in der freien Natur. Sie lebten auf Burg Krähenfels, einem Internat in der Eifel, und an diesem sonnigen Morgen stand die »wandernde« Burg vor den Toren des schmucken Örtchens Schönecken, tief im Prümer Land. Es hieß, schon die alten Kelten hätten diese Gegend nahe den heutigen Grenzen zu Belgien und Luxemburg sehr gemocht. Und je länger Lena durch den Wald spazierte, der Schönecken im Norden begrenzte, desto besser verstand sie das. Es war hübsch hier; idyllisch. Und angeblich gab es heute sogar noch eine weitere Burg zu bestaunen – eine mit spannender Geschichte!

»Sind wir bald da?«, rief Phillip von weiter hinten. Der Junge mit den vielen Sommersprossen war Elias' Zimmergenosse im Internat. Normalerweise war er stets gut gelaunt und zu Streichen aufgelegt. Heute zog er allerdings eine lange Miene. »Meine Füße tun schon weh! Immer diese Latscherei.«

Knut Geiergift, der strenge Lehrer mit der Hakennase und den zurückgekämmten schwarzen Haaren, drehte sich zu ihm um. »Das sind wir, Phillip. Allerdings kommen wir nicht schneller voran, wenn du alle zehn Minuten nachhakst. Du kannst dir die Fragen also ruhig sparen.«

9

»Aber trotzdem!«, quengelte Elias' Freund. »Wo ist denn jetzt diese ach so tolle Ritterburg? Wir marschieren doch sicher schon seit einer halben Stunde durch den Wald, und ich habe noch nichts gesehen außer Bäumen, Büschen und diesem ollen Bach hier.«

»Die Nims«, mischte sich Bartholo B. Butterball ein, »ist kein bisschen ›oll‹, mein Junge, sondern für die Region hier sehr wichtig. Wusstest du, dass sie durch mehr als ein Dutzend Eifler Dörfer fließt und eine Unmenge an köstlichen Forellen beherbergt?«

Lena schüttelte den Kopf. »Die armen Forellen«, murmelte sie. »Wollen nur vor sich hin schwimmen, und der nennt sie köstlich.«

Das war mal wieder typisch Butterball. Der Lehrer mit dem dicken Bauch und der kreisrunden Mönchsfrisur dachte selbst beim Anblick des schönen Bächleins, an dem die Gruppe aus dem Internat Krähenfels vorbeispazierte, zuerst ans Essen. Dabei war Lena ausgesprochen tierlieb.

»Nee, Herr Butterball.« Phillip klang kein bisschen interessiert. »Wusste ich nicht. Sind wir denn jetzt bald da?«

Fragend beugte Lena sich zu ihrem Bruder vor und senkte erneut die Stimme. »Was hat Phillip heute eigentlich? Der ist doch sonst nicht so gereizt.«

Elias hatte gerade das Taschentuch weggesteckt. Nun sah er zu seinem Freund. »Der hat mit seinem Vater telefoniert. Und das lief wohl nicht so toll wie gedacht.«

»Ach ja?«, wunderte sich Lena. Sie stieg über einen umgestürzten Baumstamm, der quer über dem Wanderweg lag, und winkte ihrer Freundin Mehtap zu, die weiter vorn spazierte. »Ich dachte, Phillips Familie sei nett.«

»Ist sie auch«, meinte Elias. »Aber sein Vater hält nichts von dem, was Phillip werden will, wenn er mal groß ist.«

Ach, daher wehte der Wind! Seit Tagen sprachen die beiden Jungs schon davon, dass sie sich die tollsten Berufe der Welt aussuchen würden. Lena hatte ihnen kaum zugehört, denn die bisherigen Vorschläge waren an Blödheit kaum zu überbieten gewesen. Vorgestern erst hatte Elias ihr verkündet, er wolle Erfinder werden – aber nur für Maschinen, die Erdbeer- und Vanilleeis herstellen konnten. »Und zwar aus dem Nichts, Lärma!«, so seine begeisterten Worte. »Ohne die geringsten Zutaten, denn die kosten ja nur unnötig Geld.« Und Phillip hatte ihr beim letzten Abendessen erklärt, er würde nach dem Schulabschluss eine Firma gründen, die Fürze in Flaschen verpackte und sie in Parfumläden verkaufte: »Als Abschreckungsparfum. Für Leute, die man nicht leiden kann, verstehst du?«

Entsprechend fand Lena es nur zu verständlich, dass sich die Begeisterung bei Phillips Vater in Grenzen hielt.

»Das glaube ich gern«, sagte sie nun. »Geht's immer noch um die Sache mit den Fürzen?«

Doch Elias winkte ab. »Was? Nein, nein. Das war völliger Quatsch. Kein Mensch kauft Fürze in Flaschen.«

»Was du nicht sagst.« Sie schmunzelte leicht. »Was will Phillip denn heute werden, wenn er mal groß ist? Direktor eines Zirkus für jodelnde Flöhe? Weltmeister im Pizzaessen?«

»Feuerwehrmann.«

Lena runzelte die Stirn. »Was ist denn falsch an Feuerwehrmann? Den Beruf *gibt* es wenigstens – anders als alles, was ihr zwei Kindsköpfe bislang so vorgeschlagen habt.«

Elias sprang behände über eine dicke Baumwurzel, die vor ihm aus dem Erdreich ragte wie eine lauernde Stolperfalle. »Phillips Vater meint, das Leben bei der Feuerwehr sei zu gefährlich. Er findet, Phillip sollte lieber in einem Büro arbeiten. Oder in einer Bank.«

»Wie langweilig«, meinte Lena.

Sie hatte noch nie groß über ihr Leben nach der Schule nachgedacht. Aber in einem stickigen Zimmer vor einem Schreibtisch konnte sie es sich definitiv nicht vorstellen. Dafür mochte sie die Natur zu sehr – und natürlich ihre geliebten Tiere.

»Schipanelli weg«, erklang plötzlich eine Stimme im Busch neben ihr. Sie war tief und hörte sich an, als dringe sie durch ein rostiges Ofenrohr. Außerdem klang sie überrascht. »Nicht mehr da.«

»Nanu?« Lena hob eine Braue. »Bist du das etwa, Pik?«

Einen Moment später sprang ihr Freund Pikrit aus dem Busch. Der kleine Kerl grinste schelmisch. Pikrit war ein so genannter Lavaat, ein Vulkanteufelchen, und zählte zu den heimlichen Ureinwohnern der Eifel. Die Lavaats hatten Körper, die wie kleine Felsen mit Armen und Beinen aussahen, und einen feurigen Atem. Sie konnten sich unsichtbar machen, was erklärte, warum selbst viele alteingesessene Eifelaner noch nie von ihnen gehört hatten. Außerdem hatten sie nahezu immer Hunger. Pikrit lebte auf Burg Krähenfels, genau wie die Schülerinnen und Schüler des Internats, und der Schuldirektor war sein Herrchen.

»Pik da«, verkündete das Vulkanteufelchen grinsend. »Aber Schipanelli weg.«

Elias sah sich um. »Was redet der da? Die Schipanelli ist verschwunden?«

Auch Lena ließ den Blick schweifen. Eusebia Schipanelli war eine strenge Lehrerin des Internats und verstand wenig Spaß. Die Frau mit dem großmütterlichen Dutt und dem schwarzen Kleid fiel eigentlich überall auf. Doch hier, im Schönecker Wald, konnte Lena sie nirgends erkennen.

»Eigenartig«, fand das Mädchen. »Vorhin war sie noch bei uns. Ob sie vorausgegangen ist zu der Burg, die wir besichtigen wollen?«

»Warum sollte sie?«, gab Elias zurück. »Die Burg Schönecken ist ja nicht wie die Burg Krähenfels und bewegt sich eigenständig durch die Eifel. Die läuft uns also nicht weg.«

»Sucht ihr die liebe Kollegin Schipanelli?«, fragte Hilarius von Schlotterfest. Der Direktor des Internats kam hinter den Zwillingen heran, ein Beutelchen mit Kieselsteinen für Pikrit in Händen. »Pik sagte mir ebenfalls schon, er habe sie aus den Augen verloren.«

Der Lavaat ging freudestrahlend auf sein Herrchen zu und öffnete den Mund. Direktor von Schlotterfest, der wie immer seine geliebte Tropenkleidung und das kreisrunde Monokel trug, ließ prompt einen Kiesel hineinfallen. Genüsslich verspeiste Pikrit den Stein.

»Vielleicht sollten wir sie suchen«, schlug Elias vor. »Sie könnte sich verirrt haben. Der Wald hier ist dicht, Herr Direktor.«

Von Schlotterfest schüttelte den Kopf. »Keine Angst, Elias«, erwiderte er und richtete sich lächelnd den Tropenhut. »Die gute Eusebia kennt sich aus. Verirrt hat sie sich ganz bestimmt nicht. Ich vermute, wir finden sie spätestens wieder, wenn wir Burg Schönecken erreichen. Frau Schipanelli liebt die Geschichte der Yolanda von Vianden nämlich sehr. Die verpasst sie sicher nicht.«

»Yolanda von was?«, fragte Lena.

Just als Direktor von Schlotterfest zu einer Antwort ansetzen wollte, rief Herr Geiergift weiter vorn nach ihm.

»Herr Direktor? Haben Sie kurz Zeit? Das hier sollten sie sich unbedingt ansehen.«

Gemeinsam mit dem Schulleiter gingen die Zwillinge zu Herrn Geiergift. Pikrit trottete schmatzend neben ihnen her.

»Was ist denn, lieber Herr Kollege?«, fragte von Schlotterfest. »Wir sprachen gerade von Frau … Oh!«

Geiergift stand vor einem der seltsamsten Bäume, die Lena je gesehen hatte. Und vor einem der größten. Der Stamm des eigenartigen Gewächses war ganz verdreht und knorrig, die Zweige gewunden wie von einer unsichtbaren Spindel. Dichtes Blattwerk prangte an ihrer Krone, deren alte Äste in alle vier Himmelsrichtungen ragten und dabei an die erstarrten Finger eines alten Riesen erinnerten.

»Das ist eine Krausbuche, Herr Direktor«, erklärte Geiergift staunend. »Hier draußen, direkt vor Schönecken. Ich dachte, die wachsen in dieser Gegend gar nicht mehr.«

»In der Eifel schon«, gab der Internatsleiter zurück. Neugierig betrachtete er den eigenartigen Baum. »Im Schönecker Land allerdings nicht mehr, zumindest war das auch mein Kenntnisstand. Na, man lernt nie aus!«

»Was haben die nur mit dem alten Baum?«, murmelte Elias leise. »So besonders ist der jetzt auch wieder nicht.«

Geiergift hörte ihn trotzdem. »Das denkst *du*, Junge«, widersprach er. »Aber wusstest du, dass die Eifelaner vergangener Zeiten diese Baumsorte für das Werk einer Hexe hielten? Weil er so eigenartig aussieht, dachten sie, böse Mächte hätten ihn wachsen lassen. Deine Schwester und du interessiert euch doch immer für die Sagen und Legenden der Region. Da ist so eine Hexenbuche doch sicher spannend für euch.«

»Na ja.« Abermals betrachtete Lenas Bruder den Baum, durch dessen Blätterdach einzelne Sonnenstrahlen fielen. »Geht so.«

Lena grinste. Es stimmte natürlich: Sie und Elias kannten viele Sagen der Eifel, mitunter sogar besser, als ihnen lieb war. Denn manchmal wurden die alten Geschichten hier lebendig – und führten dann stets zu gefährlichen Abenteuern für sie und ihren Freund Pikrit.

Aber ein simpler Baum im Wald vor Schönecken war sicher kein Grund zur Sorge.

Nein, dachte Lena. *Ganz bestimmt nicht. Oder?*

Die Burg Schönecken war eine Ruine – und was für eine! Mehr als hundert Meter lang war das alte Gemäuer, dessen einstiger Innenhof heute eine begrünte Ebene mit vereinzelten Bäumen war. Die Burg stand auf einem dicht bewaldeten Hügel. Im Osten wurde sie von einem breiten Graben begrenzt, und die beeindruckende Ringmauer enthielt drei zur Burginnenseite offene Türme. Die Aussicht, die man von hier oben und insbesondere beim Blick durch die Fenster der drei Türme hatte, war wirklich toll. Elias fühlte sich wie ein alter Ritter oder Burgvogt, der aus seiner erhöhten Position heraus die komplette Nachbarschaft im Blick hatte und jederzeit wusste, ob und von wo mögliche Feinde nahten. Doch statt marodierender Ritterhorden sah er natürlich nur weite Felder, dichten Wald und die Straßen des malerischen Schönecken, durch die das blaue Band der Nims zog.

»Hübsch hier oben, nicht wahr?«, meinte Frau Schipanelli.

Die Lehrerin war tatsächlich wieder aufgetaucht. Als der Rest der Gruppe die Ruine von Schönecken erreichte, hatte sie davor auf einem Felsen in der Sonne gesessen und so fröhlich gelächelt, als wäre nichts gewesen. Letzteres tat sie noch immer, obwohl es sonst gar nicht ihre Art war.

»Hach, ich *liebe* die Burg Schönecken«, sagte sie und stützte sich dabei auf einen knorrigen Gehstock. Hinter ihr konnte Elias einige andere Schüler sehen, die über die Wiese tollten – und Pikrit, der ihnen nacheilte. »Sie hat so eine lange und ereignisreiche Geschichte. Vor allem der Teil mit Yolanda von Vianden fasziniert mich immer wieder. Kennt ihr die?«

Der Junge, der mit Lena, Phillip und Mehtap in einem der Türme stand, schüttelte den Kopf. »Nein, nie gehört.«

»Herr von Schlotterfest wollte sie uns vorhin erzählen, glaube ich«, meinte Lena. »Er kam aber nicht dazu.«

»Na, dann hole ich das gerne nach.« Frau Schipanelli strich sich eine Staubfluse von ihrem schwarzen Kleid und fuhr fort. »Vor langer Zeit lebte in Vianden ein Graf namens Heinrich. Er hatte eine Tochter, die er gern mit Walram II. von Monschau verheiraten wollte. Walram war nämlich ein Mann von gutem Stand und Ansehen, und damals achteten die Leute sehr auf so etwas, wenn sie einen Ehepartner suchten.«

»Und?«, fragte Mehtap. »Konnte die Tochter den Mann nicht leiden, oder wo lag das Problem?«

Schipanelli zwinkerte ihr zu. »So ungefähr. Yolanda hatte nämlich ihren eigenen Willen und absolut keine Lust, mit Walram vor den Traualtar zu treten. Sie wollte viel lieber in einem Kloster wohnen, als Ehefrau zu werden.«

»Kann ich verstehen«, meinte Elias' Schwester. »Also, vielleicht nicht den Teil mit dem Kloster. Aber …«

Die Lehrerin nickte. »Yolandas Eltern waren wütend über ihre Weigerung. So wütend, dass sie die arme Tochter auf die Burg Schönecken schickten, in der wir gerade stehen. Die war damals natürlich noch keine Ruine. Hier sollte Yolanda im Auftrag ihrer Eltern eingesperrt werden – so lange, bis sie es sich doch noch anders überlegte und gehorchte.«

»Wie gemein!«, schimpfte Phillip. »Stubenarrest auf einer alten Burg? Dass Eltern sich auch immer einmischen müssen.«

Mehtap riss die Augen auf. »Was hat Yolanda da gemacht, Frau Schipanelli?«

»Nicht mehr viel, fürchte ich.« Die Angesprochene sah einem Schmetterling nach, der durch die warme Morgenluft flatterte, und wirkte dabei kein bisschen wie die strenge Lehrerin, als die Elias sie sonst immer erlebte. »Jedenfalls zunächst. Jahrelang blieb sie stur und gab nicht nach. Das bedeutete allerdings auch, dass sie die ganze Zeit über eine Gefangene auf der Burg Schönecken blieb. Denn auch

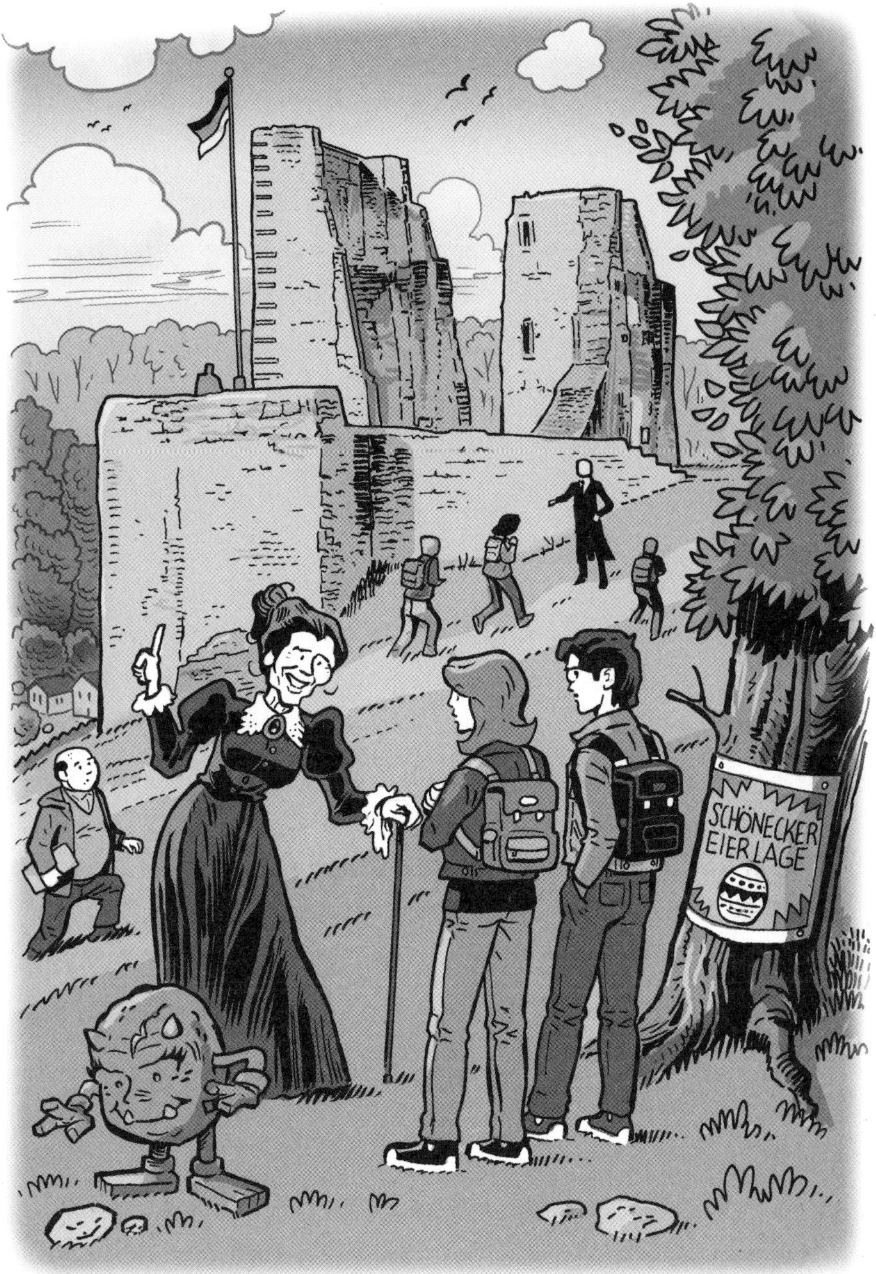
SCHÖNECKER
EIER LAGE

ihre Eltern blieben stur. Yolanda war damals vielleicht die berühmteste Bewohnerin der ganzen Eifel – und das kein bisschen freiwillig.«

»Respekt«, meinte Phillip. »Vielleicht sollten sie meinem Papa mal von der erzählen, Frau Schipanelli. Damit er sieht, dass Kinder ihren eigenen Willen haben.«

Die Lehrerin lachte laut – und einmal mehr staunte Elias über ihre ausgesprochen gute Laune.

Mehtap wollte gerade noch eine Frage stellen, da erklang ein leises Ächzen rechts neben ihnen. Elias drehte sich um und sah, dass Lena mit einer weiteren Besucherin der Burg Schönecken zusammengeprallt war.

»Oh, Verzeihung«, sagte seine Schwester gerade. »Haben Sie sich wehgetan? Ich hab wohl nicht aufgepasst, wohin ich gehe.«

Die Frau, mit der sie sprach, war groß und hatte lockiges, blondes Haar. Sie trug eine Brille mit kreisrunden Gläsern und einen gestreiften Pullover mit langem Schal. »Das macht doch nichts, meine Kleine. Alles in Ordnung. Und ich habe ebenfalls nicht aufgepasst. Das liegt an der Burg, meinst du nicht auch? Es ist so schön hier oben, dass man alles andere vergisst.«

»Kann gut sein«, gab Lena zu.

»Alles in Ordnung?«, fragte Elias.

Er ging ein paar Schritte weg von Schipanelli und den anderen und trat zu Lena und der Unbekannten.

»Ja, alles bestens.« Die fremde Frau schenkte auch ihm ein Lächeln. »Ich bin Katharina Kuhnst, und ihr?«

»Lena«, stellte seine Schwester sich vor. »Und das ist mein kleiner Bruder Elias. Kommen Sie aus Schönecken, Frau Kuhnst?«

»Eine Minute«, murmelte Elias grimmig. »Ich bin bloß eine einzige Minute jünger als du.«

Frau Kuhnst hörte ihn gar nicht. »Ganz genau. Ich bin Bildhauerin hier aus dem Ort.«

»Dann suchen Sie hier nach neuen Motiven für Ihre Arbeit?«, fragte Lena.

Die Künstlerin lachte. »Nicht ganz. Morgen beginnt meine große Ausstellung drüben in der Burgkapelle, und die bereite ich vor. Wenn ihr Lust habt, dann schaut doch mal vorbei.«

Die Zwillinge versprachen es. »Wenn wir dazu kommen, heißt das«, ergänzte Lena.

Dann kehrten sie zu ihren Freunden zurück und setzten die Besichtigung der alten Ruine fort. Pikrit saß inzwischen im Schatten eines Baumes und machte ein Nickerchen, die Herren Geiergift und Butterball standen an der östlichen Mauer und unterhielten sich über den Graben vor der Burg. Direktor von Schlotterfest war zu Phillip, Mehtap und Frau Schipanelli getreten. Als Elias und Lena kamen, hob er gerade eine Braue.

»Nanu, Frau Kollegin?«, wunderte er sich. »Sie gehen am Stock?«

»Ist Ihnen das noch nie aufgefallen?«, gab Schipanelli lächelnd zurück. »Da sieht man mal, wie Sie auf Ihr Umfeld achten, Herr Direktor.«

Elias runzelte die Stirn. Er kannte die strenge Lehrerin natürlich noch nicht halb so lange wie Herr von Schlotterfest. Aber auch er konnte sich nicht erinnern, sie jemals mit Stock gesehen zu haben.

Jedenfalls nicht bis gerade eben, dachte er.

Dann sah er das Plakat! Es hing auf der Rückseite des Baumstammes, an dem Pikrit es sich gemütlich gemacht hatte. Elias wusste sofort, dass es perfekt war.

»Entschuldigung?«, unterbrach er seine Lehrer. Aufgeregt deutete er auf das Plakat. »Dürfen Phillip und ich da mitmachen?«

»Wo?« Ratlos sah Phillip in die Richtung, in die sein Zimmergenosse deutete. Dann wurden seine Augen groß. »Wow!«

Auf zur Schönecker Eierlage, stand in bunten Lettern auf dem weißen Plakat. *Läufer und Raffer stehen bereit. Kommen auch Sie und erleben Sie echte Eifler Tradition – im Schatten der Burg Schönecken.*

Darunter hatte jemand den Umriss der Burgruine gezeichnet, dazu zwei lächelnde junge Männer in Laufkleidung. Beide hielten ein Ei in der Hand, das sie stolz präsentierten.

»Das ist es, Phillip«, sagte Elias begeistert. »Da machen wir mit. Ein Sport-Event hier im Dorf. Das gewinnen wir haushoch, damit du deinem Papa zeigen kannst, was wirklich in dir steckt.«

»Superidee!«, jubelte Phillip.

Doch Lena verzog das Gesicht. »Schwachsinnsidee. Was in aller Welt ist eine Eierlage, Hohlbirne? Und was genau hat sie mit Phillips Vater zu tun?«

»Das verstehst du nicht«, gab der Junge zurück. Er wusste keine richtige Antwort auf Lenas Fragen und hoffte, der schroffe Kommentar würde genügen. »Sein Papa glaubt nicht an ihn. Hier bietet sich uns die Chance, ihm das Gegenteil zu beweisen. Das ist sogar ganz im Sinne dieser Yolanda von damals, Lärma. Die hat sich auch nichts vorschreiben lassen, schon vergessen? Die wusste, was sie wollte.«

»Ach, und deshalb darf Phillip jetzt Feuerwehrmann werden?«, fragte Lena. Es klang mehr als ungläubig … und ganz schön spöttisch. »Weil er durch Schönecken läuft und dabei ein Ei festhält? Das beweist seinem Vater, wie falsch der liegt? Du spinnst doch.«

Herr von Schlotterfest räusperte sich. »Die Schönecker Eierlage ist eine sehr beliebte Tradition, Elias. Ich weiß gar nicht, ob Kinder da mitmachen dürfen.« Fragend sah er zu Schipanelli. »Muss man dafür nicht Junggeselle sein oder so?«

»Ich bin nicht verheiratet«, sagte Phillip achselzuckend.

Elias nickte kräftig. »Na bitte, ich auch nicht. Das passt doch.«

»Ihr zwei«, murmelte Lena. Sie schüttelte den Kopf, als seien bei Elias und seinem besten Freund längst Hopfen und Malz verloren. »Ihr seid *so einiges* nicht …«

Dann zogen sie weiter, durch die Reste der Burg und den herrlich sonnigen Schönecker Morgen.

~

Kapitel 2
Zum Teufel mit der Tradition!

Der Speisesaal des Internats Krähenfels lag oben unter dem Dach. An den Wänden prangten zahlreiche Erinnerungsstücke, die Direktor von Schlotterfest von seinen vielen Reisen und Begegnungen mitgebracht hatte, darunter sogar ein echtes Stück Mondgestein und Autogramme berühmter Weltenlenker und Künstler.

»Ob da auch ein Autogramm dieser netten Frau Kuhnst aus Schönecken dabei ist?«, überlegte Lena. Suchend ging sie an den vielen Vitrinen, gerahmten Bildern und Plakaten vorbei, als sähe sie sie zum ersten Mal.

Es war Abend geworden. Die Schülerinnen und Schüler hatten den Vormittag in Schönecken verbracht und am

Nachmittag auf Burg Krähenfels regulären Unterricht »genossen«. Nun stand das Abendessen an, und das gesamte Internat versammelte sich im Speisesaal, wie üblich. Lena mochte den großen Raum mit den langen Tischen. Er hatte so etwas ganz eigenartig Gemütliches. Die Leuchter an der Zimmerdecke verströmten an den Abenden stets angenehm sanftes Licht, und die kostbaren Teppiche auf dem Fußboden verschluckten nahezu jeden Schritt. In den Zimmerecken standen mannsgroße Ritterrüstungen, und gekreuzte Säbel aus uralten Tagen hingen an den Wänden. Der Blick des Mädchens fiel auf einen ausgestopften Grizzlybär und einen waschechten – und zum Glück ebenfalls längst ausgestopften – Riesenalligator. Es gab Cowboyhüte ebenso zu bestaunen wie alte Filmplakate, einen gewaltigen Globus aus Holz und ein nicht minder imposantes Jagdgewehr hinter Glas. Nichts hier oben passte zum anderen, und das, fand Lena, machte den Saal so typisch für Krähenfels' einzigartigen Direktor.

»So, Kinder!«, rief Hilarius von Schlotterfest gerade. Er stand an einem der Fenster, durch das Lena den Wald nahe Schönecken und den sternenklaren Abendhimmel erkennen konnte, und klatschte in die Hände. »Wir wären dann soweit. Wenn ihr euch bitte auf eure vier Buchstaben setzen würdet?«

Der Schulleiter ging zum Lehrertisch, wo neben dem Kollegium auch schon Hausmeister Grmpf Platz genommen hatte. Grmpf war natürlich nicht sein richtiger Name, doch da der stets etwas miesepetrig wirkende Mann mit der blauen Latzhose und dem kahlen Schädel kaum mal ein Wort verlor, hatten die Schüler ihm diesen Spitznamen verpasst. Lena fand, er passte genau.

Auch sie begab sich nun an ihren angestammten Sitzplatz. Auf den langen Tischen für die Internatsschüler standen bereits große Schüsseln mit köstlich duftenden Speisen. Es gab Salzkartoffeln, würzigen Spinat und Forellen, die so frisch aussahen, als hätten sie vor wenigen Stunden noch im Wasser der Nims geplanscht.

»Na bravo«, sagte Lena leise und verzog das Gesicht. »Hat Herr Butterball die vorhin schnell geangelt, oder was ist los?«

»Magst du keinen Fisch?« Mehtap, die Lena gegenübersaß, schaufelte sich bereits fleißig Spinat auf ihren Teller. »Der sieht lecker aus.«

»Vor allem mag ich Tiere«, betonte Lena.

»Meine Schwester mag sie sogar *so* sehr«, meinte Elias, »dass sie sie nicht essen möchte.«

»Und was ist falsch daran?«, gab Lena zurück. »Du willst doch auch nicht, dass dich jemand zum Abendbrot verspeist.«

Phillip, der neben Elias saß, verdrehte angewidert die Augen. »Nee. Das kann *niemand* wollen. Elias bekäme ich nicht mal mit einer Extraportion Ketchup herunter. Und ich liebe Ketchup!«

»Du weißt, was ich meine«, beharrte Lena. Sie deutete auf den Riesenalligator. »Guck dir nur den an. Hättest du Lust, dass der rübergewatschelt kommt und dich frisst? Das wäre für den Alligator echt keine Mühe. Dich halbe Portion futtert der doch mit einem Happs weg.«

»Hey, dann hab ich ja das ganze Zimmer für mich allein«, freute sich ihr Bruder. Er nahm sich gerade Kartoffeln aus der dampfenden Schüssel. »Tolle Idee!«

»Haha«, gab Phillip trocken zurück. »Freu dich nicht zu früh, Schäfer. Ich bin ungenießbar.«

Mehtap grinste, schnupperte kurz an Phillips Schulter und nickte dann. »Zumindest riechst du so.«

Elias' bester Freund rollte mit den Augen. »Noch so ein Komiker …«

»Ich finde bloß, dass das nicht fair ist.« Traurig sah Lena zu den gegrillten Forellen, die auf breiten Platten lagen. »Wir dürfen Tiere essen, aber die Tiere fragt niemand, ob sie das überhaupt wollen.«

»Und dürfen ist nicht müssen«, erwiderte ihr Bruder. Glücklich und ganz schön hungrig sah er auf seinen frisch gefüllten Teller, auf dem bereits ein großes Stück Fisch Platz gefunden hatte. »Jeder so, wie er möchte. Oder sie. Guten Appetit.«

»Bevor wir anfangen«, unterbrach ihn die Stimme des Direktors, just als er loslegen wollte, »würden der geschätzte Kollege Geiergift und ich gern noch den morgigen Ablauf mit euch besprechen, Kinder.«

Lena hob wieder den Blick. Am Lehrertisch war nun auch Knut Geiergift aufgestanden. Der Lehrer mit der Hakennase räusperte sich leise und strich sich dabei den Anzug glatt.

»Wären Sie so freundlich, verehrter Kollege?«, fragte Herr von Schlotterfest.

Geiergift nickte. »Selbstverständlich, Herr Direktor.« Dann wandte er sich an den ganzen Saal. »Aufgepasst, Freunde: Morgen brechen wir ebenfalls schon sehr früh auf. Denn wir werden eine weitere spannende Attraktion des Schönecker Landes besichtigen – die sagenumwobene Hohlley!«

»Die was?«, fragte Mehtap halblaut.

»Sonderlich spannend klingt das jetzt nicht«, brummte Phillip leise.

Herr Geiergift hörte ihn trotzdem. »Die Hohlley, Phillip, ist eine Höhle im Wald vor Schönecken. Sie …«

»Das ist alles?«, platzte es aus Mehtap heraus. »Nur eine langweilige Höhle?«

»Nun ja«, antwortete Geiergift mit verräterischem Funkeln im Blick. »Eigentlich sind es sogar mehrere Höhlen, aber die größte von ihnen führt zwölf Meter tief in den Berg hinein. Dort leben Fledermäuse und viele weitere Tiere, weswegen man derartige Höhlen eigentlich gar nicht betreten sollte.«

»Sehr richtig«, murmelte Lena.

»Aber der nette Bürgermeister von Schönecken macht unseretwegen eine Ausnahme«, fuhr der Lehrer fort, »und hat es extra erlaubt. Und vielleicht begeistert euch die Hohlley ja gleich mehr, wenn ihr erfahrt, wie man sie im Volksmund nennt.«

Die Schülerinnen und Schüler wechselten einen fragenden Blick.

»Wie denn?«, fragte Lena. Mit einem Mal war auch sie neugierig geworden.

Geiergift lächelte. »In der Eifel wird die größte Höhle als Tor zur Unterwelt bezeichnet. Als direkter Weg zum Teufel und seinen Dämonen. Laut den alten Sagen der Gegend rund um Schönecken ist sie nämlich genau das, Lena – ein Tor in eine andere Welt.«

Ein Raunen ging durch den großen Saal, das halb von faszinierter Spannung und halb von leichtem Grusel kündete. Lena sah, dass sich viele ihrer Mitschüler nun sehr auf den morgigen Besuch der Höhle freuten. Auch Phillip und Mehtap schien die Idee einer Wanderung dorthin nun zu gefallen.

Doch Elias schenkte seiner Schwester einen warnenden Blick. »Denkst du, was ich denke?«, flüsterte er.

Lena nickte. »Allerdings, Hohlbirne.«

Die Eifel war das reinste Füllhorn an Sagen und Legenden, das war den Zwillingen längst klar. Hinter jedem zweiten Busch, so kam es Lena manchmal vor, wartete in der großen Region zwischen Rhein und Mosel schon die nächste alte Geschichte. In früheren Zeiten waren die Sagen des Islek und des Hohen Venn, vom Laacher See und von den Dauner Maaren noch von Generation zu Generation weitergegeben worden. Großeltern hatten sie hier ihren Enkeln erzählt, Eltern ihren Kindern. Doch im Laufe der Zeit waren viele dieser Legenden in Vergessenheit geraten, und die Menschen der Gegenwart wussten oft gar nicht, welche fantastischen Geschichten über die Orte existierten, an denen sie Tag für Tag lebten und arbeiteten. Das war zwar schade, machte in vielen Fällen aber keinen allzu großen Unterschied, da die Sagen ja in erster Linie wirklich nur Geschichten waren, die jemand vor langer Zeit erfunden hatte, um sich und anderen die Zeit zu vertreiben. Doch seit Lena und Elias auf Burg Krähenfels lebten, hatten sie am eigenen Leib erfahren, dass sie mitunter alles andere als frei erfunden sein konnten. Manchmal, so wussten die Zwillinge, wurden die Geschichten aus den alten Tagen sogar quicklebendig – und sorgten für Probleme.

Ein Ort, der als Tor zur Unterwelt bekannt war, stellte da natürlich eine ganz besondere Gefahr dar. Falls sich hinter der Sage von der Hohlley eine geheime Wahrheit verstecken sollte, hätten Lena und ihr Bruder bald wieder alle Hände voll zu tun. So viel stand fest.

»Ich fürchte, wir müssen uns diese Höhle mal genauer ansehen«, meinte Elias. Er hatte ein aufgespießtes Stück Kartoffel auf seiner erhobenen Gabel, das leicht dampfte.

»Ja.« Lena nahm sich ebenfalls etwas zu essen. »Aber erst morgen. Jetzt habe ich Hunger.«

Die Kartoffeln und das Gemüse schmeckten sehr gut. Lena gönnte sich sogar einen kleinen Nachschlag und lächelte dankbar, als Mehtap ihr die Flasche mit dem Mineralwasser reichte.

Nach dem Essen räumten die Schülerinnen und Schüler schnell die Tische ab. Als sie mit ihrem Geschirr am Lehrertisch vorbeikam, schnappte Lena zufällig ein Gespräch auf. Frau Schipanelli unterhielt sich gerade mit Herrn Grmpf – was im Grunde bedeutete, dass Schipanelli redete und der kahle Internatshausmeister schweigend daneben saß.

»Nein, wirklich, mein Lieber«, sagte die Lehrerin und lehnte sich mit einem wohligen Seufzen in ihrem Sitz zurück. Vor ihr auf dem Tisch standen ein benutzter Teller und ein noch halbvolles Glas. An ihrem Stuhl lehnte der Stock, mit dem sie bereits auf Burg Schönecken erschienen war. »Sie sollten ebenfalls mal in den Schönecker Wald gehen. Der wirkt wahre Wunder, sage ich Ihnen. Hach, ist es hier nicht absolut herrlich?«

Was in aller Welt hat die heute eigentlich gefrühstückt?, wunderte sich Lena. *So gut gelaunt war die echt noch nie.*

Sie warf Herrn Grmpf einen schnellen Blick zu und sah, dass sich der Hausmeister diese Frage offenbar ebenfalls gerade stellte. Und genau wie sie schien er keine Antwort darauf zu wissen.

Den Rest des Abends wollte Lena keinen Gedanken mehr an Schipanelli und die übrigen Lehrer verschwenden. Stattdessen musste sie sich in ihrem Zimmer nämlich den Hausaufgaben widmen. Während sie über viel zu schwere Matheaufgaben brütete und es vor ihrem Fenster zu regnen begann, hörte sie plötzlich ein Knurren draußen auf dem Flur, das immer lauter wurde. Es klang fast, als wäre der Grizzlybär aus dem Speisesaal zum Leben erwacht.

»Was ist denn jetzt los?«, murmelte Lena und öffnete vorsichtig ihre Zimmertür.

Der Flur des Internats war menschenleer – bis auf Frau Schipanelli! Die Lehrerin stand am Übergang zum Treppenhaus. Mit der linken Hand stützte sie sich auf ihren neuen Gehstock, die rechte hielt sie vor sich, als wolle sie ein Tier streicheln. Dazu lächelte sie amüsiert.

»Aber, aber«, sagte sie gerade. »Warum denn so grimmig, mein Freund? Es tut dir doch niemand etwas.«

Das Knurren wiederholte sich, und einen halben Herzschlag später wurde Pikrit sichtbar. Er stand direkt vor Frau Schipanelli – und es gefiel ihm sichtlich nicht, dass die Lehrerin ihm den Kopf tätschelte.

»Pik!«, schimpfte Lena. Erschrocken trat sie auf den Gang hinaus. »Lass das gefälligst, hörst du? Man knurrt keine unschuldigen Menschen an. Entschuldige dich bei Frau Schipanelli!«

Schipanelli zog lachend die Hand zurück und sah zu Lena. »Das macht doch nichts, Lena. Der Kleine ist sicher nur übermüdet oder schlecht gelaunt. Das ist nicht der Rede wert.«

Damit winkte sie Pikrit zu, ging zur Treppe und verschwand im Erdgeschoss des Internats. Pikrit sah ihr mit leisem Knurren nach, bis sie aus seinem und Lenas Sichtfeld verschwunden war.

»Hey«, sagte Lena streng. Sie ging auf ihren kleinen Freund zu, blieb neben ihm stehen und verschränkte die Arme vor der Brust. »Was ist denn in dich gefahren, Pik? So kenne ich dich gar nicht.«

»Pik Vorsicht«, erwiderte der Lavaat in seiner tiefen Ofenrohrstimme. »Nur Vorsicht.«

Was er damit meinte, behielt der kleine Kerl allerdings für sich. Statt einer Erklärung schenkte er Lena nur einen warnenden Blick und ging dann ebenfalls zur Treppe.

Im Computerzimmer des Internats hielt Elias sich immer am liebsten auf. Hier, umgeben von leistungsstarken Rechnern und den unendlichen Weiten des Internets, fühlte er sich pudelwohl – und die elenden Pollen, die ihn draußen stets in der Nase kitzelten, waren fern.

Mit Lena an seiner Seite war es im Zimmer aber gleich viel weniger schön.

»Tja«, sagte das Mädchen gerade. Draußen vor dem Fenster, an dem sie saß, funkelten inzwischen die Sterne.

»Da haben wir's, schwarz auf weiß. Ihr *könnt* gar nicht an der Schönecker Eierlage teilnehmen.«

Bei ihren Worten deutete sie auf den Computermonitor, vor dem sie saß. Phillip, der Dritte in ihrem Bunde, beugte sich vor, um den dort aufgerufenen Text ebenfalls zu studieren.

»Was?«, fragte er mit einem Stirnrunzeln. »Warum das denn nicht?«

Seit einer guten halben Stunde waren Elias und sein Freund Phillip nun schon hier, um in Ruhe zu recherchieren. Sie wollten im Internet mehr über diese Eierlage-Sache in Schönecken herausfinden – vor allem, wie man sie gewinnen konnte. Doch sie waren dabei nicht schlau geworden. Dann, vor nicht einmal fünf Minuten, war plötzlich Lena bei ihnen aufgetaucht. Und sie hatte die gesuchten Informationen *sofort* gefunden.

»Hier steht es«, berichtete Elias' Schwester. »Die Schönecker Eierlage findet seit vielen hundert Jahren statt, immer am Ostermontag. Dabei ziehen die Junggesellen des Dorfes in einer Art Prozession durch den Ort, bevor dann zwei von ihnen aktiv werden müssen. Ein so genannter Raffer muss einhundertundvier Eier, die überall verstreut liegen, vom Boden aufheben. In der gleichen Zeit rennt der so genannte Läufer zum Nachbarort Seiwerath und zurück. Der Raffer gewinnt das Spektakel nur, wenn er es schafft, alle Eier einzusammeln, bevor der Läufer wieder da ist.« Sie stutzte. »Okay, wenn man es laut ausspricht, klingt es ganz schön verrückt.«

»Das kann nicht sein«, meinte Elias. »Das ist doch ein Sportwettkampf, Lärma. Einer mit richtig vielen Teilnehmern, die man überholen muss, um aufs Siegertreppchen zu kommen. Ähnlich wie bei den Bundesjugendspielen!«

Doch auch er fand Lenas Worte in dem Text auf ihrem Bildschirm bestätigt. Ratlos kratzte er sich am Hinterkopf.

»Hat irgendjemand gesagt, dass es ein Sportwettkampf wäre?« Fragend sah Lena von Elias zu Phillip und zurück. »Oder seid ihr zwei automatisch davon ausgegangen, weil *alles* für euch ein Wettkampf ist? Hohlbirne, hier dürfen Kinder noch nicht einmal teilnehmen. Höchstens als Zuschauer.«

»Ich will aber doch gewinnen«, murmelte Phillip. Es klang enttäuscht.

Elias klatschte in die Hände. »Na und?«, sagte er ungerührt. »Dann muss sich die Eierlage eben ändern.«

»Wie bitte?« Lena hob beide Brauen. »Ändern?«

Er nickte fest. »Ja. Ein richtiger Wettkampf, bei dem *alle* mitmachen können, ist doch viel spannender. Die müssen das ändern.«

»Okay, jetzt ist er restlos verrückt geworden«, murmelte Lena. Dann hob sie die Stimme und sah wieder zu ihrem Bruder. »Das ist alte Tradition, Hohlbirne. Schon vergessen? Das machen die seit Hunderten von Jahren so. Das ist die Schönecker Eierlage. Das ändert doch niemand, nur weil ihr beide des Weges kommt und das erwartet.«

»Doch«, stimmte nun auch Phillip mit ein. Trotzig verschränkte er die Arme vor der Brust und sah Lenas Monitor an, als wolle er ihn zu einem Faustkampf draußen auf dem Schulhof auffordern. »Und ich kann dir auch sagen, warum.«

Lena lehnte sich in ihrem Sitz zurück. »Na, jetzt bin ich aber gespannt.«

»Eben *weil* wir in Schönecken sind«, betonte Phillip. »Erinnerst du dich an die Geschichte von der Burg? Das hier ist der Ort, an dem Yolanda von Vianden nicht nachgegeben hat. An dem sie felsenfest zu ihren Überzeugungen gestanden hat – ganz egal, was alle anderen dachten oder wollten. Yolanda hatte ihren eigenen Kopf, und sie lag dabei auch vollkommen richtig. Und wenn sie hier stur bleiben konnte, dann können Elias und ich das auch.«

»Absolut!« Jubelnd reckte Elias eine Faust in die Höhe. Er grinste dabei. »Die Tradition muss sich ändern, nicht wir. So einfach ist das.«

»Die Tradition?«, wiederholte Lena ungläubig. »Warum sollte sie das tun? Und vor allem: Warum ausgerechnet für euch?«

»Weil es Zeit wird«, fand Phillip. »Wir wollen da mitmachen, Lena. Und wir sind bestimmt nicht die einzigen.

Ich bin schnell. Richtig, Elias? Ich bekomme diese Eier bestimmt in Nullkommanichts aufgehoben. Da kann der Läufer flitzen, wie er nur will.«

»Richtig«, stimmte Elias ihm abermals zu. Er kannte Phillips Leistungen im Sportunterricht. Vor allem im Laufen war der Junge mit den roten Sommersprossen echt nicht übel – jedenfalls war er um Längen besser als Elias selbst. »Du schaffst das schon. Und ich bestimmt auch, wenn wir noch ein wenig trainieren. Bis Ostermontag bleiben ja noch ein paar Tage.«

»So ist es.« Phillip schlug ein, als Elias ihm die Hand zum Abklatschen hinhielt. »Wir üben ab morgen früh, bis wir bereit sind. Dann treten wir bei der Eierlage an und zeigen es ihnen allen.«

»Und vor allem deinem Papa.« Zufrieden sah Elias zu Lena. »Siehst du? Die Veränderung hat schon längst angefangen. Schönecken ist nicht mehr derselbe Ort wie früher, denn jetzt sind wir da und machen's wie Yolanda: Wir bestehen auf unserem Recht.«

»Wir werden die Sieger der diesjährigen Eierlage!«, jubelte Phillip. »Wie cool ist das denn?«

Lena gähnte leise, schaltete ihren Computer aus und stand auf. »Ach, glaubt doch, was ihr wollt«, sagte sie brummend. »Ich bin müde, ihr Spinner. Von mir aus übt, bis euch Blasen an den Füßen wachsen. Das ist Schönecken schnurzegal – und mir auch.«

»Denk an den Geist von Yolanda«, beharrte Elias grinsend. »Du wirst schon sehen, Lärma. Dinge verändern sich, wenn man nicht nachgibt. Wenn man fest genug daran glaubt.«

An der Tür zum Flur blieb das Mädchen stehen und drehte sich erneut zu Elias und Phillip um. »Wer sagt euch das eigentlich, Hohlbirne? Haben wir je erfahren, wie die Yolanda-Geschichte ausging? Vielleicht ist sie in ihrer Gefangenschaft ja verhungert, weil sich nichts und niemand ihretwegen verändert hat. Vielleicht hat sich die Welt auch damals keinen Deut darum geschert, was irgend so ein Jemand aus Schönecken wollte und für richtig hielt. Könnte doch sein.« Damit verließ sie das Computerzimmer.

Einen Moment lang standen Elias und Phillip einfach nur da, nebeneinander vor den leise summenden Rechnern und zu perplex, um etwas zu sagen. Dann räusperte Phillip sich leise.

»Ähm, Elias«, fragte er vorsichtig und zögernd. »Wie geht die Yolanda-Sage aus? Weißt du das?«

Elias schüttelte den Kopf. »Keine Ahnung«, stellte er erschrocken fest. »Ich hab nie nachgefragt.«

Im nächsten Augenblick stürzten er und Phillip sich auch schon wieder auf die Computer, und die nächste fieberhafte Internetrecherche begann …

~

Kapitel 3
Das Tor zur Unterwelt

Die Hohlley war nicht sonderlich schwer zu finden, so hieß es. Gleich nach dem Frühstück brachen die Schülerinnen und Schüler des Internats Krähenfels auf und folgten ihren Lehrern einmal mehr durch den Schönecker Wald. Ihr Weg war mehrere Kilometer lang und führte vorbei an mannshohen Felsen, dicken Bäumen und an Bächen, die leise plätschernd durch die Eifler Natur flossen.

»Hübsch hier, nicht wahr?«, meinte Herr Butterball. Er ging neben Lena und Mehtap durch den Wald und schien die Landschaft sehr zu genießen. »Das ist die Schönecker Schweiz, wisst ihr? Die ist echt atemberaubend.«

»Schweiz?« Lena sah den Lehrer verwundert an. »Ich dachte, die liegt ganz woanders.«

»Du meinst das Land, nicht wahr?« Butterball klang belustigt. »Ja, das ist woanders. Als Schönecker Schweiz bezeichnet man aber den Teil dieser Eifler Gegend, der unter Naturschutz steht. All die Laub- und Kalkbuchenwälder hier oben, die Steilhänge und Feuchtwiesen, die Dolomiten und Wacholderbüsche … und auch die Tropfsteinhöhlen wie die Hohlley, zu der wir gerade unterwegs sind. Das alles nennt man die Schönecker Schweiz.«

Lena konnte ihm nicht widersprechen: Es war wirklich schön hier. Wildes Moos wuchs auf kleinen Felsen, die am Wegrand standen. Libellen flatterten durch das Sonnenlicht, und irgendwo in den Wipfeln der hohen Bäume klopfte ein Specht. Die Luft war warm, aber nicht heiß, und trotz der unebenen Strecke kamen die Besucher vom Internat Krähenfels gut voran.

»Typisch Eifel«, sagte das Mädchen leise. Der Anflug eines Lächelns zog über ihr Gesicht. »Irgendwie verliebt sich *jeder* in dich. Er muss nur genau genug hinsehen.«

Nach einer weiteren Dreiviertelstunde erreichte die Gruppe ihr Ziel. Ein Wegweiser zeigte steil nach oben, und eine befestigte Treppe brachte die wandernden Besucher bis direkt vor die Höhlen.

»So, da wären wir«, sagte Direktor von Schlotterfest. Er bezog vor einer hohen Felswand Station, und Pikrit setzte sich neben ihn auf den staubigen Waldboden. Die Kinder stellten sich erwartungsvoll im Halbkreis um ihn auf. »Alles herhören, wir besprechen jetzt kurz den Ablauf. Damit jeder weiß, was wir hier draußen dürfen und was nicht.«

Phillip hob die Hand. »Dürfen wir rennen, Herr Direktor? Elias und ich sind gerade im Training, und die Gegend hier oben ist ideal dafür. Eine echte Herausforderung.«

»Nein, das dürfen wir nicht«, antwortete Herr von Schlotterfest. »Wir dürfen lernen, Phillip. Das ist viel besser als rennen.« Er sah zufrieden in die Runde. »Also, passt auf. Hinter mir seht ihr ja den hohen Fels und die vielen Öffnungen darin. Es kann gefährlich sein, sich auf eigene Faust da hinein zu begeben. Deshalb bleiben wir alle zusammen und passen gegenseitig aufeinander auf. Niemand läuft voraus, niemand bleibt zurück. Und wir alle achten darauf, dass wir uns an der Höhlendecke nicht die Köpfe stoßen, denn die brauchen wir noch.«

Gelächter brandete auf. Verwundert bemerkte Lena, dass sich niemand mehr über den Witz amüsierte als Frau Schipanelli. Die sonst so strenge Frau stand etwas seitlich. Auch heute stütze sie sich auf ihren Gehstock. Selbst als Pikrit ganz leise zu knurren begann, lachte sie einfach weiter. Niemand sonst achtete groß darauf. Herr Butterball hatte sich auf einen alten Baumstumpf gesetzt und tupfte sich die Schweißtropfen von der Stirn. Sein Kollege Geiergift stand vor einigen seltsam geformten Felsen, die er so kritisch beäugte, als hätte er sie gerade beim Schummeln während einer Klassenarbeit erwischt.

»Wie ihr ja wisst«, sagte der Direktor, »leben Fledermäuse und andere Tiere in der Hohlley. Deshalb sind die Höhlen in manchen Monaten des Jahres für Besucher gesperrt. Wir haben aber die Genehmigung, sie heute zu besichtigen. Man hat mir versichert, dass wir die lieben Tierchen kein bisschen stören werden. Und …« Er unterbrach sich und sah fragend zu seinem Kollegen. »Ist alles in Ordnung, lieber Herr Geiergift? Sie gucken so streng.«

»Ich weiß nicht so recht, Herr Direktor.« Anklagend deutete der Angesprochene auf die freistehenden Felsen, bei denen er stand. »Waren diese Felsen früher schon hier?«

Von Schlotterfest stutzte. »Früher? Ich fürchte, ich verstehe nicht ganz. Was meinen Sie? Felsen wachsen doch nicht aus dem Boden wie Pilze.«

»Irgendwie kommen mir die paar Steine seltsam vor«, gestand der andere Lehrer. Vorsichtig strich er über einen der mannshohen Kolosse. »Ich bin nicht zum ersten Mal an der Hohlley, wie Sie ja wissen. Und diese Felsen habe ich noch nie gesehen. Aber vermutlich täuscht mich meine Erinnerung, denn Sie haben völlig recht: So ein Fels entsteht nicht von jetzt auf gleich aus dem Nichts.«

Die einen strahlen wie der Sonnenschein, die anderen sehen Felsen, wo früher keine waren, dachte Lena amüsiert.

Irgendwie ist das halbe Internat verrückt geworden. Und niemand mehr als Phillip und mein bescheuerter Bruder ...

»Können wir jetzt endlich reingehen?«, fragte Mehtap.

Direktor von Schlotterfest nickte. »Selbstverständlich, mein Kind. Schaltet eure Taschenlampen an, achtet auf eure Köpfe – und folgt mir, bitte sehr.«

Die Gruppe von Burg Krähenfels betrat die große Höhle. Sofort wurde es dunkler um Lena, und die Temperatur sank um mehrere Grad. Von der österlichen Frühlingswärme war hier nichts mehr zu spüren. Der helle Strahl ihrer Taschenlampe glitt über raues Felsgestein und körniges Erdreich. Vereinzelt hingen Grasflechten von der Höhlendecke, und in einem kleinen Winkel der Wand kauerte eine Maus, die sie mit neugierigen Augen bestaunte. Kies und Dreck knirschten bei jedem Schritt unter Lenas festen Wanderschuhen.

Elias, der einige Meter vor ihr durchs Dunkel ging, machte Geistergeräusche. »Buuuuuh«, hallte sein alberner Ruf von den engen Wänden wider. »Ich bin die Hexe von der Hohlley. Lauft mir nicht in die Arme, sonst fresse ich euch.«

»Wäre ein Vampir nicht viel logischer, Hohlbirne?«, fragte Lena.

Ihr Bruder drehte sich um – und stieß sich prompt den Hinterkopf an einem herabhängenden Stein. »Was, wieso ... Au!«

»Weil sich Fledermäuse in Vampire verwandeln können, du Dummerchen«, sagte Mehtap lachend. »Oder war das umgekehrt?«

»Hast du dir wehgetan?«, fragte Phillip.

Lena richtete den Strahl ihrer Lampe auf Elias und sah, wie er den schmerzenden Kopf schüttelte. »Nein, nur ein bisschen. Das geht schon.«

»Pass bloß auf«, warnte sie. »Sonst lockst du wirklich noch eine Hexe an mit deinem Geheule.«

Die Bemerkung war spöttisch gemeint und kam auch so an. Dennoch konnte Lena sich eines unheimlichen Gefühls nicht erwehren, während sie ihren Freunden durch die Höhle folgte. Es *war* gespenstisch hier drin. Irgendwie kam sie sich vor, als hätte sie in der Hohlley nichts zu suchen – als wäre dieser Ort nicht für ihre Augen bestimmt.

Dann hörte sie den Direktor. »Nanu? Wer hat denn hier gehaust?«

Herr von Schlotterfest war vorausgegangen und stand nun in einer Art Halle im Fels, die auf den schmalen Gang folgte. Auch Lena und die übrigen Besucher erreichten den größeren Hohlraum nun. Er schien das Ende der Höhle zu sein – und in seiner Mitte standen die Spuren eines kleinen Lagerfeuers.

Ein paar verkohlte Holzscheite lagen auf dem kalten Boden, daneben eine alte Decke. Ein Schnitzmesser ruhte auf einem Felsvorsprung, und als Lena das Licht ihrer

Lampe an diesem Vorsprung hinabgleiten ließ, fand sie im Dreck davor mehrere kleine Holzspäne und Reste von abgeschabter Baumrinde.

»Das sieht ja fast so aus, als hätte mein Opa Heinrich hier übernachtet«, meinte Phillip. »Der schnitzt auch immer gern. Am liebsten kleine Figürchen.«

Herr Geiergift stemmte die Hände an die Hüfte. »Mir scheint, nicht jeder hält es mit dem Tierschutz so wie wir. Campieren und Lagerfeuer sind in dieser Höhle ganz sicher *nicht* erlaubt.«

»Ob das ein Landstreicher war?«, fragte sich Elias halblaut.

Lena ging neben den Resten des Lagers in die Hocke. Im Schein ihrer Taschenlampe betrachtete sie das verkohlte Holz und die alte Decke. Hinter ihr begann Pikrit abermals leise zu knurren.

»Lass das, Pik«, schimpfte der Direktor. »Das tut man nicht, mein kleiner Freund. Man knurrt doch keine Schüler an.«

Doch Lena bezweifelte, dass es dem Lavaat um die Schülerinnen und Schüler von Burg Krähenfels ging. Sein Knurren galt jemand anderem.

Aber wem?, fragte sie sich. *Und warum?*

Die Schönecker Schweiz mochte wunderschön aussehen, ganz wie Herr Butterball es gesagt hatte. Aber sie barg offenbar ein Geheimnis. Irgendetwas war hier, und Lena schwor sich, es zu finden.

Kapitel 4
Doppelt hält besser

Nach dem Mittagessen im Internat hatten die Schülerinnen und Schüler ein wenig Zeit für sich. Phillip, Mehtap und die anderen wussten sofort, was sie damit anfangen wollten: im Ort nach einer Eisdiele suchen. Auch Elias hatte nicht übel Lust, sich ihnen anzuschließen und Schönecken zu erkunden. Doch Lena schmiedete andere Pläne – auch für ihn.

»Ich will zu dieser Burgkapelle, Hohlbirne«, sagte Elias' Schwester. »Zu Frau Kuhnst und ihrer Ausstellung, erinnerst du dich? Es wäre toll, wenn du mitkommst.«

Elias runzelte die Stirn. Lena und er standen im Burghof von Krähenfels, wo bereits ihre Fahrräder warteten.

48

»Zu dieser Bildhauerin?«, fragte er ungläubig. »Du willst dir lieber langweilige Skulpturen ansehen, als nach Eisdielen zu suchen?«

»So ist es.« Lächelnd griff sie nach ihrem Lenker. »Aber nicht nur das, genau deshalb will ich dich ja dabei haben. Irgendetwas Seltsames geht hier in Schönecken vor, spürst du das nicht auch? Und vielleicht weiß Frau Kuhnst mehr darüber.«

»Vielleicht wissen die Betreiber der Eisdiele ja auch was«, hielt er dagegen.

»Papperlapapp.« Lena winkte ab. »Mein Instinkt sagt mir, dass wir zu Frau Kuhnst gehen sollten. Sie war doch sehr nett, gestern an der Ruine. Bestimmt freut sie sich, wenn wir sie besuchen.«

»Und ich hätte mich über ein Eis gefreut«, murmelte er. Doch auch er griff nach seinem Rad und schwang sich auf den Sattel.

Gemeinsam radelten die Zwillinge durch den Ort. Schönecken präsentierte sich an diesem Nachmittag mal wieder von seiner schönsten Seite, und auf den Straßen herrschte allerhand Betrieb. Elias sah kleine Fischteiche, auf deren Oberfläche sich das Sonnenlicht spiegelte, und ein paar Gemeindearbeiter, die neue Plakate für das Fest der Eierlage aufhängten.

Bei einem von ihnen hielt Lena an. »Entschuldigung. Können Sie uns sagen, wo wir die Burgkapelle finden?«

Der Arbeiter hatte stoppelige graue Haare und einen buschigen Schnäuzer. Ein kleiner Bauch wölbte seinen Blaumann aus, und der Blick seiner grasgrünen Augen war klar und freundlich. »Zur Kapell wullt ihr?«, erwiderte er im typischen Dialekt der Region. »Nee, dat wüsst ich awwer.«

»Äh.« Ratlos sah Elias ihn an. »Doch, wir *wollen* zur Kapelle. Das hat meine Schwester doch gesagt.«

»Joh, joh.« Der Mann nickte bestätigend. Dann prustete er los. »Awwer net zur Burschkapell. Also, net zu der *eijentlichen.*«

Nicht zu der eigentlichen Burgkapelle? Fragend schaute Elias zu Lena. »Ich fürchte, ich verstehe nur Bahnhof.«

»Gibt es denn zwei Burgkapellen in Schönecken?«, wandte sie sich erneut an den Einheimischen.

Der Mann wurde wieder ernst. Dankenswerterweise schaltete er auch auf Hochdeutsch um – oder besser: auf ein stark vom Eifler Platt gefärbtes Hochdeutsch. »Nee, keine zwei. Da hab ich mir'n kleinen Scherz mit euch erlaubt, 'tschuldijung. Aber die meisten Leute von Außerhalb denken, die Sankt-Antonius-Kapelle wäre die Kapelle von der alten Burg Schönecken, versteht ihr? Und das stimmt gar nicht. Die Burg hatte ihre eigene Kapelle, also früher mal.«

»Und wir suchen diese Antonius-Kapelle?«, fragte Elias.

Der Arbeiter nickte wieder. »Mit Sicherheit. Die is' gleich da oben.«

Mit wenigen Worten beschrieb er den Zwillingen den Weg. Als Elias seinem ausgestreckten Finger folgte, bemerkte er schnell das entsprechende Gebäude. Es lag nahe der Burgruine, die über Schönecken thronte, war aber tatsächlich kein Teil von ihr.

»Könnt ihr gar nich' verfehlen, seht ihr?«, meinte der Arbeiter abschließend.

Lena und Elias dankten ihm für die Auskunft und radelten weiter. Dann erreichten sie Sankt Antonius.

Die rechteckige Kapelle lag auf einer Art Plateau im Süden der Burg. Sie stammte aus dem Jahr 1484, wie ein Schild an ihrem Eingang verriet. Trotzdem sah sie noch gut in Schuss aus. Elias' Blick fiel auf weiße Wände, hohe Bogenfenster und ein pechschwarz anmutendes Dach. An dem hohen Turm, der das dem Eingang gegenüberliegende Ende des Bauwerks bildete, hing eine kreisrunde Uhr. Und am Eingang selbst war ein weiteres Plakat angebracht.

»HeimA(r)t«, las Lena vor. »Die Kunst unserer schönen Eifel. Werke von Katharina Kuhnst, Schönecken.«

Neben dem Text sah man eine von Kuhnsts Arbeiten, eine Art nachgebaute Felsformation in kleinem Maßstab. Elias fühlte sich sofort an die Steine draußen im Wald erinnert.

»Gehen wir rein?«, schlug er vor und deutete zur Kapellentür.

Lena nickte. Im Inneren von Sankt Antonius standen schmale Kirchenbänke. Man hatte sie zur Seite geschoben, um Platz für die vielen Ausstellungsstücke zu machen, die überall zu sehen waren – mächtige Skulpturen aus Kalkstein und aus Gips. Manche von ihnen erinnerten an Menschen oder an Eifler Sagengestalten, andere an Sehenswürdigkeiten aus dem Prümer Land. Eine Handvoll Besucher schlenderte zwischen den Exponaten umher, darunter auch ein Mann in weißem Priesterkragen, der der Pastor der Gemeinde sein musste. Nur Frau Kuhnst sah Elias nirgends.

»Vorsicht«, erklang plötzlich ein amüsiert klingender Ruf hinter ihm. »Heiß und fettig! Mutter mit Kind! Alarm, Alarm!«

Sofort trat der Junge zur Seite. Er war im Eingang der Kapelle stehengeblieben und hatte diesen, wie er nun bemerkte, unabsichtlich blockiert. Hinter ihm betraten nun zwei Frauen das alte Gemäuer. Eine von ihnen hatte soeben gesprochen – eine junge Frau mit kinnlangem schwarzem Haar, ockerfarbenem Rollkragenpullover und schwarz umrandeter Brille. Die andere Frau war die Bildhauerin.

Kuhnst und ihre Begleiterin bugsierten ein weiteres Kunstwerk in die Kapelle. Es handelte sich um die nachgebaute Felsformation vom Plakat, und sie schien selbst im Kleinformat einiges auf die Waage zu bringen. Zumindest schnauften Kuhn und die jüngere Frau ganz schön, als sie die Skulptur mit Hilfe einer rostigen Sackkarre vorwärts bewegten.

»Hoppla«, staunte Lena. »Können wir Ihnen helfen?«

Sofort packten Elias und sie mit an. Zu viert manövrierten sie das Kunstwerk an eine freie Stelle in der rechten Kapellenecke. Dann wischte Kuhnst sich erleichtert den Schweiß von der Stirn.

»Danke«, sagte die Bildhauerin. »Das war echt nett von euch. Hey, kennen wir uns nicht?«

Elias nickte. »Von der Burgruine.«

»Ach, das ist aber toll«, freute sich Frau Kuhnst. »Ihr seid tatsächlich gekommen. Hier, Klara: Das sind die Kunstfans von morgen!«

Ihre Begleiterin lächelte freundlich und schob sich die Brille den Nasenrücken hoch. »Wunderbar. Von denen kann man nie genug haben.«

»Wollt ihr euch ein wenig umschauen?«, fragte die Bildhauerin.

»Gern«, antwortete Lena. »Was genau sehen wir denn hier?«

»Eine bunte Mischung, hoffe ich«, sagte Klara. »Einige dieser Arbeiten zeigen die Eifel, wie Katharina sie sieht. Andere sind abstrakter, versteht ihr? Freier.«

Kuhnst legte die Hand auf das Kunstwerk, das sie soeben in die Kapelle bugsiert hatten. »Das hier ist zum Beispiel die Jungfernley drüben im Wald. Die kennt ihr sicher, oder?«

Elias hob die Schultern. »Also, ich nicht.«

»Das ist eine Felsformation direkt vor Schönecken«, berichtete Klara. »In Richtung Rommersheim. Die Gegend da draußen ist herrlich wild und naturbelassen, genau wie diese Felsen.« Sie schmunzelte. »Kennt ihr die Geschichten, die man sich über die Jungfernley erzählt?«

Lena schüttelte den Kopf. »Wir sind nicht von hier. Können Sie sie uns verraten, Frau …«

»Werne heiße ich«, sagte die Frau im Rollkragenpulli. »Aber ihr könnt ruhig Klara zu mir sagen. Das tun hier im Ort ohnehin alle.«

»Die Jungfernley ist schon sehr alt«, sagte Kuhnst. »Und sie spielt eine große Rolle in der Sagenwelt der Schönecker Schweiz. Angeblich ist sie entstanden, als eine besonders böse Frau aus der Region für ihre Bösartigkeit bestraft wurde. Die Frau soll richtig gemein und niederträchtig gewesen sein, und als Strafe ist sie irgendwann zu Stein erstarrt. Deswegen heißt diese Formation bis heute Jungfernley, Lena: weil angeblich eine alte Jungfer darin ihr steckt.«

»Es gibt aber noch andere Geschichten«, ergänzte Klara. »Zum Beispiel die mit den Hebammen. Man sagt sich, früher seien die Babys in Schönecken nicht geboren worden wie anderswo, sondern aus dem Fels der Jungfernley gezogen worden. Von den Hebammen des Ortes.«

»Huch«, staunte Elias. »Na, das klingt ja seltsam.«

Er hatte schon viele alte Legenden aus der Eifel gehört. Doch die der Jungfernley hatten etwas Besonderes, auch wenn er es sich nicht ganz erklären konnte.

»Ihr braucht aber keine Angst zu haben«, meinte Katharina Kuhnst und zwinkerte ihm zu. »Das sind alles nur alte Ammenmärchen. Da ist natürlich nichts dran. Aber ich mag die Geschichten, Elias. Sie sind so herrlich inspirierend, findest du nicht auch? Die ganze Eifel ist voller Phantasie und Zauber, wenn man sich auf sie einlässt und sie mit offenen Augen betrachtet.«

Die Zwillinge folgten der Bildhauerin durch die Ausstellung. Frau Kuhnst zeigte ihnen jedes einzelne Exponat und erklärte ihnen, was es darstellte und warum sie es erschaffen hatte. Ihre Assistentin Klara ging dabei neben ihr her und half mit Details über die Schönecker Schweiz aus, wo selbst Kuhnst nicht mehr weiter wusste. Auch die übrigen Besucher der Ausstellung schlossen sich nach und nach der kleinen Führung an. Alle wirkten interessiert und lauschten gebannt, doch Elias sah den Erwachsenen an, dass viele von ihnen die Geschichten hinter den Werken längst kannten.

»Sagen Sie, liebe Frau Kuhnst«, meldete sich schließlich der Pastor zu Wort. Er hatte braunes Haar, das seitlich gescheitelt war, und ein kleines Grübchen im Kinn. »Stimmt es, dass Ihnen die Idee zu der Jungfernley-Plastik bei einem Waldspaziergang kam?«

Die Künstlerin nickte. »Ganz genau. Ich sagte meinem neuen Freund Elias hier schon, dass die Gegend rund um Schönecken – na, eigentlich die gesamte Eifel – herrlich inspirierend sein kann. Und die Jungfernley ... Nun, ich bin eines Sonntags im Abendrot durch den Wald spaziert, Herr Pastor. Ohne großes Ziel, einfach so drauflos. Und ich kam an die Jungfernley. Sie wissen ja selbst, wie beeindruckend die Ecke des Waldes sein kann, wenn man sie in der richtigen Stimmung besucht. Ich stand also da, sah mir die alten Felsen an ... und mit einem Mal habe ich alles vergessen. Die Umgebung, die Zeit – wirklich alles.«

Lena warf Elias einen fragenden Blick zu.

Auch er musste stutzen. »Und dann? Was ist dann passiert?«

»Ich habe wohl eine ganze Weile da gestanden.« Frau Kuhn lächelte gedankenverloren. »Wenn mich da jemand gesehen hätte, hätte er sich sicher sehr gewundert. Ich muss ausgesehen haben, als würde ich mit offenen Augen träumen. Na ja, jedenfalls verging der Moment wieder. Nach vielleicht zehn oder fünfzehn Minuten sah ich auf die Uhr und staunte, wie viel Zeit vergangen war. Irgendwie hatte mich die Magie der Jungfernley wohl in ihren Bann gezogen.« Nun lachte sie, amüsiert über den eigenen Scherz.

»So ist das manchmal in der Kunst«, meinte Klara Werne. »Da vergisst man alles um einen herum und geht ganz in der Arbeit auf. Oder eben in der *Idee* zu einer Arbeit. Ich war auch erst kürzlich in der Ecke des Waldes unterwegs, und seitdem fühle ich mich so beseelt wie selten zuvor. Fast wie ein neuer Mensch.«

»Exakt«, bestätigte die Künstlerin. Sie sah wieder zum Schönecker Pastor. »Als ich von diesem Spaziergang zurück nach Hause kam, Herr Pastor, da wusste ich, dass ich die Jungfernley als Kunstwerk erschaffen wollte. Ich bin sogar noch am selben Abend in mein Atelier gegangen und habe mit dem Exponat begonnen, das wir da drüben in der Ecke gemeinsam aufgestellt haben.«

Lena beugte sich zu ihrem Bruder vor und senkte die Stimme. »Findest du nicht auch, dass das unheimlich klingt?«

Er nickte. »Schon«, flüsterte er zurück. »Fast wie eine weitere Sage über diese Jungfernley.«

»Ich glaube«, sagte Lena, »wir sollten uns diese Felsformation mal mit eigenen Augen ansehen.«

Klara Werne hatte diesen Teil ihrer leisen Unterhaltung offenbar mitangehört. Denn ihre Miene hellte sich plötzlich auf wie die von Frau Schipanelli vorhin bei den Höhlen.

»Oh ja«, meinte die Assistentin mit dem ockerfarbenen Pulli. »Das solltet ihr unbedingt. Jeder sollte die Jungfernley besuchen. Je früher, desto besser. Findet ihr den Weg allein, oder darf ich ihn euch erklären? Er ist gar nicht weit!«

Vom Wanderparkplatz am nördlichen Ortsrand ging es schräg nach Nordwesten – und gleich querfeldein. Lena trat ganz schön in die Pedale, um gegen den immer unebener werdenden Boden unter ihrem Fahrrad anzukommen. Dass Pikrit als zusätzliches Gewicht auf ihrem Gepäckträger saß, machte ihr Fortkommen auch nicht gerade einfacher.

»Erklär's mir noch mal, Hohlbirne«, bat das Mädchen. »Warum haben wir Pik mitgenommen?«

Elias radelte hinter ihr und lachte, wahrscheinlich, weil der kleine Lavaat mal wieder Grimassen schnitt. »Weil wir auf Nummer sicher gehen wollen«, antwortete er dann. »Die Erzählung von Frau Kuhnst klang irgendwie gruselig. Und die Legende ebenfalls. Da schadet es vermutlich nicht, wenn wir nicht allein zu dieser Jungfernley fahren.«

Die Zwillinge waren von der Ausstellung in der vermeintlichen Burgkapelle Schönecken aufgebrochen und zurück ins Internat geradelt. Dort hatten sie ihren kleinen Freund gefunden, wie er unter einer schattigen Buche im Burghof gelegen und genüsslich ein paar Kieselsteine verspeist hatte. Sofort hatte Pikrit eingewilligt, sie zu der Felsformation im Wald zu begleiten.

»Pik mag Abenteuer«, betonte er nun schon wieder. »Eifel voll mit Abenteuern.«

»Vor allem«, sagte Lena seufzend, »ist sie voll bucklig.«

Das Mädchen bremste, stieg vom Sattel und scheuchte den Lavaat vom Gepäckträger. Dann lehnte sie ihr Rad an einen Baumstamm. Auch Elias hatte angehalten.

»Alles in Ordnung, Lärma?«

»Schon, aber ich wäre sehr dafür, wenn wir den Rest des Weges zu Fuß gehen«, antwortete sie. »Ich bin alles andere als unsportlich, aber dieser steinige Boden und dann Pik auf dem Gepäckträger … Die Muskeln in meinen Oberschenkeln brennen vor Anstrengung.«

»Kein Problem«, meinte Elias. »Klara sagte ja, dass es nicht weit ist. In zehn oder fünfzehn Minuten sollten wir die Jungfernley schon sehen können. Und ein wenig Spazieren hat noch niemandem geschadet. Richtig, Pik?«

Pikrit sah halb sehnsüchtig und halb enttäuscht zu Lenas abgestelltem Rad. Der Gedanke, nun plötzlich nicht länger gefahren zu werden, schien ihm nicht zu gefallen. »Abenteuer anstrengend«, brummte er.

»Ja, so ist das eben«, erwiderte sie lachend. »Gleiches Recht für alle, du Faulenzer.«

Nach kurzer Wanderung erreichten sie ihr Ziel. Gewaltige Dolomitfelsen ragten aus dem Waldboden, flankiert von hohen Bäumen und allerlei Buschwerk. Die Gegend sah absolut verlassen aus, dabei gehörte sie bestimmt zu den beliebtesten Ausflugszielen in der Region. Zwei Vögel flatterten im Geäst einer alten Buche, und aus einem kleinen Loch im Erdreich lugte die spitze Nase einer Maus.

»Hübsch, oder?«, meinte Lena.

Staunend sah sie sich um. Auch hier fanden sich zahlreiche Felsen, die völlig frei zwischen den Bäumen standen. Manche waren verwittert und mit Moos und Flechten bewachsen, andere wirkten fast wie neu. Lena hielt Pikrit an der Hand und strich mit der anderen Hand über einen der moosbewachsenen Dolomiten. Der Fels fühlte sich rau an und war erstaunlich warm. Wahrscheinlich schafften es mehr Sonnenstrahlen durch den Wald, als man dachte.

»Total hübsch«, bestätigte Elias weiter rechts von ihr, wo er zwischen den Bäumen umherstrich und sich ebenfalls umschaute. Er klang widerwillig – und ganz schön verschnupft. Seine Allergien machten ihm wohl wieder zu schaffen. »Wenn man gottverlassene Felsenwinkel mag, heißt das. Ich wette, hier draußen gibt's nicht einmal Handyempfang.«

Einen Herzschlag später hörte sie ihn laut niesen.

Nein, den gibt's hier bestimmt nicht, dachte Lena. Sie ließ Pikrit los, der sich prompt hinsetzte und den Rücken an einen Baumstumpf lehnte, und ging ein paar Schritte. *Dafür ist die Gegend viel zu friedlich … und zu magisch.*

Das war es, oder? Genau das hatte Frau Kuhnst vorhin gemeint: Es lag eine Art von Magie über diesem Fleckchen; eine ganz besondere Atmosphäre, die gleichzeitig friedlich und idyllisch wirkte, aber auch mysteriös und geheimnisvoll. Wie ein Rätsel, das den Betrachter herausfordern wollte.

»Hast du …?«, begann Lena, stockte dann aber. »Hohlbirne?«

Fragend drehte sie sich um die eigene Achse. Von ihrem Bruder fehlte plötzlich jede Spur.

»He, Elias«, rief sie lauter. »Wo steckst du auf einmal? Komm gefälligst her, ich rede mit dir.«

Keine Antwort. Nichts rührte sich in den Schatten zwischen den Felsen, nichts bewegte sich hinter den dicken

Baumstämmen. So sehr Lena auch die Ohren spitzte und die Lider ihrer Augen enger zusammenkniff, konnte sie Elias doch nirgendwo ausfindig machen.

»Weißt du, wo der steckt?« Sie trat neben Pikrit.

Der kleine Lavaat hatte an seinem Baumstumpf vor sich hin gedöst. Nun stand er aber auf und ließ ebenfalls den Blick durch den reinsten Irrgarten schweifen, den die Büsche, Bäume und freistehenden Felsen vor der Jungfernley bildeten. Lena war nicht überrascht, als er leise zu knurren begann.

»Ganz ruhig, Kleiner«, sagte sie leise. »Das klärt sich schon. Das kriegen wir schon hin.«

Doch sie wusste nicht, ob die Worte ihrem Freund gelten sollten oder vielmehr ihr selbst. Lena war nervös! Mit einem Mal kam sie sich verletzlich vor, hier draußen im Wald. Verletzlich und allein. Ihr Herz schlug laut in ihrer Brust, ihre Fingerkuppen kribbelten wie verrückt, und ihr Mund war plötzlich so trocken wie die Kalksteine, aus denen Frau Kuhnst ihre Ausstellungsstücke herstellte.

»Elias?«, rief sie erneut. »Mach keinen Quatsch, Brüderchen. Das ist nicht der richtige Augenblick, um große Schwestern zu erschrecken.«

Doch darum ging es nicht. Das spürte sie. Elias wollte sie und Pikrit nicht erschrecken. Er hatte sich nicht vor ihnen versteckt, um gleich mit lautem Geistergebrüll aus seiner Deckung zu springen und sich über ihre entsetzten Mienen zu amüsieren.

Ich habe »große Schwester« gesagt, dachte Lena. *Das würde Elias nie und nimmer hinnehmen, ohne sich zu beschweren.*

Was nur eines bedeuten konnte: Elias war gar nicht mehr hier!

Pikrit schien ähnlich zu denken, denn der Lavaat knurrte nun noch lauter. Lena drehte sich erneut um die eigene Achse, suchte zwischen den Felsen und Bäumen nach einem Hinweis – irgendeinem. Da war aber nichts, nur der Wald und die Dolomiten. Besonders hoch ragte der felsige Turm der Jungfernley über ihr und Pikrit empor, lang und mächtig wie der ausgestreckte Zeigefinger eines Riesen, der im Waldboden lauerte. Einmal mehr spürte Lena kalte Schauer auf dem Rücken und eine Gänsehaut auf den Armen.

Dann hörte sie das Geräusch. Etwas raschelte hinter dem Turm der Jungfernley. Einen Sekundenbruchteil später erklangen Schritte, die sich schnell entfernten.

Sofort rannte Lena los. Im Nu war sie um den hohen Felsen herum, sprang über aus dem Erdreich ragende Wurzeln und schob einen widerspenstigen Busch beiseite.

Elias saß am Boden hinter dem großen Stein. Er blinzelte so verwirrt, als wäre er gerade erst aufgewacht und müsse sich erst orientieren.

»L… Lena?«, murmelte er. »Pik?«

»Geht es dir gut?«, fragte das Mädchen. »Sag was, Hohlbirne. Ist alles in Ordnung?«

Lena ging neben Elias in die Hocke, sah aber nach links und in das Dickicht des Waldes. Irgendjemand – oder irgendetwas? – war soeben in die Richtung abgehauen, oder? Die schnellen Schritte waren nicht von Elias gekommen.

»Ja, sicher ist alles in Ordnung«, antwortete ihr Bruder. »Was denn sonst? Ich schaue mich hier bloß um, genau wie ihr.«

»Ich habe dich gerufen«, sagte sie. »Mehrfach. Und du hast nicht reagiert.«

»Nee.« Elias stand auf, klopfte sich den Dreck des Waldbodens von der Hose und schüttelte den Kopf. »Das hätte ich gehört. Mich hat niemand gerufen. Obwohl …« Mit einem Mal stutzte er. »Da war vorhin so eine leise Musik. Oder hab ich das geträumt?«

Er konnte sich nicht an viel erinnern. Und selbst bei dem wenigen war er sich unsicher. Elias war um den Fels der Jungfernley herumgegangen, hatte plötzlich leise Musik gehört, und im angeblich nächsten Augenblick waren Lena und Pikrit auch schon mit sorgenvoller Miene auf ihn zugelaufen.

»Ich weiß von keiner Musik«, widersprach Lena. »Und du, Pik?«

»Still«, antwortete ihr kleiner Begleiter. »Wald ganz still.«

»Eigenartig.« Ratlos kratzte Elias sich am Hinterkopf.

»Hier war jemand«, meinte Lena. »Irgendetwas ist hier eben passiert. Nur du hast es mitbekommen, und aus irgendeinem Grund erinnerst du dich nicht mehr daran.«

Lena wusste nicht, wer oder was ihrem Bruder hinter dem hohen Fels begegnet war. Aber sie ahnte, dass die Sache sehr anders ausgegangen wäre, wenn sie und Pikrit nicht das Rascheln bemerkt hätten.

»Und die Schritte, von denen ihr sprecht, sind in diese Richtung da verschwunden?«, fragte Elias. Er deutete nach links in den Wald, aus dem schon längst keine verräterischen Geräusche mehr drangen. »Ich frage mich, wohin es da geht.«

»Hohlley«, brummte Pikrit. »Da hinten Hohlley.«

Es klang nachdenklich – und wie ein dunkles Versprechen.

~

Kapitel 5
Ein merkwürdiger Abend

Es ging auf den Abend zu, als Elias, Lena und Pikrit endlich aus dem Wald radelten. Über Schönecken war die Sonne bereits untergegangen, und sattes Rot färbte den wolkenlosen Himmel über der Burgruine. Die Zwillinge und der Lavaat hatten sich ein weiteres Mal rund um die Jungfernley umgesehen, diesmal einander aber nicht aus den Augen gelassen. Sie hatten jedoch keinerlei verräterische Spuren gefunden und waren keinen Deut schlauer als zuvor.

»Ich verstehe das nicht, Lärma«, sagte Elias nun. Er fuhr voraus, und der unsichtbare Pikrit saß auf seinem Gepäckträger. »Wie kann es sein, dass ich von all dem nichts mitbekommen habe? Ich nichts von deinen Rufen, und du nichts von der Musik?«

»Ich weiß es nicht«, antwortete seine Schwester. Sie zog zu ihm auf, und ihr Haar wehte im Fahrtwind. »Zumindest *eigentlich* nicht.«

Elias runzelte die Stirn. »Eigentlich?«

»Wir sind in der Eifel, Hohlbirne«, gab sie zurück und warf ihm einen ebenso schnellen wie wissenden Blick zu. »Hier würde ich auf böse Magie tippen. Auf irgendeinen geheimen Zauber, den wir noch nicht kennen. Es gibt Antworten auf deine Fragen, wir müssen sie nur finden. Und ich glaube, ich weiß, wo wir unsere Suche beginnen müssen.«

Die Sankt-Antonius-Kapelle lag im satten Abendrot, und die hölzerne Eingangspforte stand noch so weit offen wie zuvor. Elias und Lena stellten die Räder an einer kleinen Mauer ab, und Elias trug Pikrit auf, sich zu benehmen und auf sie zu warten. Dann gingen er und seine Schwester ins Innere der Kapelle.

Die Ausstellung war zu Ende. Keinerlei Besucher standen mehr vor den Exponaten, und auch sonst sah Elias keine Menschenseele in dem alten Gotteshaus von Schönecken. Das Einzige, das sich hier noch bewegte, waren die Flammen der Kerzen vor dem Marienbild an der hinteren Wand. Sie flackerten fröhlich.

»Hallo?«, rief Lena. Zögernd trat sie vor. »Frau Kuhnst, sind Sie hier irgendwo?«

Die Bildhauerin hatte gesagt, sie sei draußen an der Jungfernley gewesen. Dort habe sie für einen Moment die Zeit vergessen, und danach sei die Idee für das Jungfernley-Kunstwerk auf einmal in ihrem Kopf gewesen. Das war nicht viel für eine heiße Spur, musste Elias zugeben. Aber es war ein Anfang. Vielleicht hatte Frau Kuhnst dort bei den Felsen ein ganz ähnliches Erlebnis gehabt wie er selbst. Und vielleicht – nur vielleicht – schafften sie es ja gemeinsam, ihm auf den Grund zu gehen.

Dafür müssen wir sie aber erst einmal finden, dachte der Junge.

Ratlos strich er um die einzelnen Kunstwerke. Ehe er sich versah, stand er wieder vor der Jungfernley, nun allerdings vor der kleinen Nachbildung aus Kalkstein. Der Anblick der schroffen Felsformation jagte ihm eine Gänsehaut über den Rücken.

»Frau Kuhnst?«, rief Lena erneut. »Wir sind's, Lena und Elias. Wir würden Sie gern etwas fra… Aaah!«

Der Satz endete in einem erschrockenen Ausruf. Elias wirbelte herum und sah zu Lena.

Die Elfjährige stand bei den zur Seite geschobenen Kirchenbänken. Auf einer davon saß plötzlich Klara Werne und lächelte ihr zu. Lena hatte die schwarzhaarige Assistentin offenbar gar nicht kommen hören.

»Oh.« Werne hob die Hand zum Mund. »Hab ich dich erschreckt? Das tut mir leid, Lena. Ich dachte, ihr hättet mich längst bemerkt. Ich war die ganze Zeit hier. Um aufzuräumen, versteht ihr? Nach so einer Ausstellung ist immer viel zu tun, und die Kapelle soll ja morgen schon wieder eine ganz normale Kapelle sein.«

»Ist … Ist schon in Ordnung«, sagte Lena stockend. Sie atmete tief durch. »Ich bin ein wenig schreckhaft heute.«

»Warum denn?«, fragte die junge Frau. Sie trat aus der Kirchenbank und auf die Zwillinge zu. »Ist alles in Ordnung mit euch? Kann ich euch vielleicht helfen?«

Elias nutzte das Angebot gerne. »Wir suchen Frau Kuhnst«, sagte er. »Wir würden gern mit ihr über die Jungfernley sprechen. Über das, was diesen Ort so besonders macht.«

Werne lächelte. »Ah, ja. Die Jungfernley. Was für ein tolles Fleckchen, findet ihr nicht auch?«

»Ist Frau Kuhnst in der Nähe?«, hakte Lena nach.

Die Angesprochene schüttelte den Kopf. »Bedaure, nein. Nachdem die letzten Gäste gegangen waren, habe ich ihr vorgeschlagen, ebenfalls noch mal raus zu den Dolomiten zu spazieren. Um den Kopf frei zu bekommen, versteht ihr? Um neue Ideen zu tanken, für neue Kunstwerke. Das hat ja schon beim letzten Mal so toll funktioniert.«

»Wissen *Sie* denn mehr über die Felsen?« Lena gab nicht auf. »Über ihre Geschichte, ihre Bedeutung für Schönecken und so weiter?«

»Na sicher.« Werne freute sich merklich über das Interesse der Zwillinge. »Jeder hier im Ort kennt die Jungfernley. Der Fels war ja schon immer wichtig für Schönecken und die ganze Region. Ohne ihn gäbe es Schönecken heute gar nicht mehr, zumindest laut der alten Sage.«

»Weil da früher alle Babys herkamen«, erinnerte sich Elias an die Geschichte.

Werne nickte. »Ganz genau. Wenn man die Sage wörtlich nimmt, dann hat jeder Mensch aus Schönecken seine

Wurzeln im Stein der Jungfernley. Ihr seht also: Der Ort ist sehr bedeutsam.«

»Und die Hohlley?«, fragte Lena. »Was ist mit dem angeblichen Tor zur Unter…«

Abermals kam sie nicht dazu, den Satz zu beenden. Denn Katharina Kuhnst betrat gerade die Kapelle. Die Bildhauerin sah aus wie am Nachmittag, doch ihre Miene war nicht länger freundlich, und dunkle Falten durchzogen ihre Stirn. Sie stützte sich auf einen hölzernen Gehstock.

»Ihr?«, fragte sie schnaubend. »Was sucht ihr denn schon wieder hier? Habt ihr Gören kein Zuhause?«

»Hallo, Frau Kuhnst«, sagte Elias. »Wir wollten Sie etwas fragen, wenn Sie gestatten. Über die Jungfernley.«

»Und wenn ich es nicht gestatte?« Mürrisch verzog die Bildhauerin das Gesicht. »Was dann, hm? Lasst ihr mich dann endlich in Ruhe arbeiten? Ständig diese Fragen …«

Elias und Lena wechselten einen erstaunten Blick. So kannten sie die Künstlerin gar nicht. Was war nur los mit der sonst so netten Frau?

»Ich fürchte, ich verstehe nicht ganz«, sagte er. »Wir wollen Sie auf keinen Fall stören, aber wir dachten, Sie würden …«

»Wenn ihr nicht stören wollt, dann stört nicht!«, sagte Kuhnst schroff. »Haut ab, ja? Klara und ich haben hier alle Hände voll zu tun, da können wir nicht auch noch Babysitter spielen.«

Lenas Augen wurden groß. »Aber …«

»Ich glaube auch«, sagte Werne, »es reicht für heute. Ihr habt Katharina ja gehört, und wir müssen wirklich noch viel aufräumen.« Langsam, aber bestimmt drängte sie die Zwillinge in Richtung Ausgang. »Es hat uns gefreut, euch kennenzulernen. Wenn ihr noch mehr über die Geheimnisse von Schönecken wissen wollt, dann braucht ihr euch nur umzusehen. Geht ruhig mal wieder raus in den Wald. Die Felsen der Schönecker Schweiz haben noch viel zu bieten. Wer weiß? Vielleicht werden sie euch überraschen?«

Ehe sie sich versahen, waren Elias und Lena wieder draußen vor der Kapelle. Klara Werne schloss die Tür hinter ihnen.

»Was war *das* denn?«, staunte Lena.

Auf einer Bank nahe dem Eingang wurde Pikrit sichtbar. Der Lavaat fläzte sich entspannt auf dem Sitzmöbel, machte nun aber Platz für seine Freunde. Die Zwillinge setzten sich kurzerhand zu ihm.

»Frau Kuhnst war ja wie verwandelt«, stellte Elias fest. »Ganz mürrisch und abweisend. Was der wohl über die Leber gelaufen ist?«

»Und hast du den Stock bemerkt?«, fragte Lena. Vorsichtig sah sie hinter sich, ob auch ja niemand sie belauschte. »Diesen Gehstock, mit dem sie plötzlich unterwegs ist? Den hatte sie vorhin noch nicht dabei, oder?«

Elias konnte sich nicht erinnern. »Was das alles wohl bedeutet?«

Mit einem Mal hatte er eine Idee. Er zückte sein Mobiltelefon aus der Hosentasche, öffnete ein Browserfenster und begann, im Internet zu recherchieren. Wie erhofft, hatte das kleine Gerät hier im Ort ganz guten Empfang.

»Was suchst du da?« Neugierig sah Lena zu ihm herüber.

»Antworten«, erwiderte er. »Endlich mal Antworten.«

Er sollte keine finden. Eine geschlagene halbe Stunde lang recherchierte Lenas Bruder mit seinem Handy, doch das Netz verriet ihm nur die Fakten über Schönecken und die Schönecker Schweiz, die die Zwillinge längst wussten. Dann, als vom Abendrot kaum noch etwas übrig war, gab er auf.

»Lass uns zurück ins Internat fahren, Lena«, sagte er. »Im Computerzimmer habe ich vielleicht mehr Glück. Außerdem wird es Zeit fürs Abendessen, und Herr von Schlotterfest wundert sich bestimmt, wenn wir nicht pünktlich zurück sind.«

Also traten sie wieder in die Pedale. Lena fuhr nun voraus, und Elias mit dem unsichtbaren Pikrit bildete die Nachhut. Das Mädchen schlug einen anderen Weg ein als vorhin und erlaubte sich einen kleinen Schlenker durch den Ortskern von Schönecken. Am Alten Markt, wo das

Forum mit dem großen Gemeindesaal stand, liefen bereits die Vorbereitungen für die bevorstehende Eierlage. Überall waren die Menschen damit beschäftigt, ihren Ort fein herauszuputzen. Die Fenster sahen aus wie frisch gewaschen und gewienert, Girlanden und Fähnchen wurden hier und da aufgehängt. Auf dem Dorfplatz vor dem Forum waren zwei Männer in blauen Latzhosen damit beschäftigt, einen Trinkpavillon aufzustellen. Sie schienen sich aber nicht ganz einig zu sein, wie das ging.

»Die Kabel müssen da hinten angeschlossen werden, du Trottel!«, rief der eine. Er war mindestens sechzig und hatte eine Halbglatze, die im Licht der Straßenlampen glänzte. »Da hinten! Wie oft soll ich dir das noch sagen?«

Sein Kompagnon, ein schmaler Geselle mit grauem Schnäuzer und einer auffälligen Zahnlücke, schnaubte. »Von *dir* lass ich mir gar nichts sagen, Karl! Ich verlege die Kabel so, wie ich will.«

Da waren Lena und ihre Freunde auch schon am Platz vorbei und hörten die Männer nicht länger.

»Sind hier alle so unfreundlich?«, wunderte sich Elias hinter ihr. »Was ist denn los mit denen?«

»Heute Abend ist irgendwas seltsam«, stimmte Lena ihm zu.

Am Nachmittag, als sie die Ausstellung besucht hatten, waren ihr die Schönecker noch ausgesprochen nett und freundlich vorgekommen. Die Menschen, denen sie nun aber begegneten, waren das komplette Gegenteil.

Nach kurzer Fahrt erreichten die Freunde die Ortsgrenze und überquerten einmal mehr die leise plätschernde Nims. Sie hielten sich nördlich, radelten in den Wald und sahen schon bald das kleine Tal, in dem Burg Krähenfels auf sie wartete. Das Burgtor stand weit offen, und die Zwillinge parkten ihre Fahrräder im Hof.

»Hmm«, machte Elias. »Riechst du das? Wir kommen genau rechtzeitig.«

Auch Lena war der Duft nicht entgangen. Er kam aus dem Haupthaus des Internats, wo sich der große Speisesaal befand. Schnell eilten sie ins Gebäude und die Treppe hinauf. Pikrit begleitete sie.

Im Saal saßen schon die ersten Schülerinnen und Schüler an ihren Plätzen, weitere trudelten gerade ein. Elias sah hungrig in Richtung Küche, und Lena winkte kurz dem Direktor zu, der mit Herrn Geiergift und Frau Schipanelli am Lehrertisch wartete. Pikrit ging zu seinem Herrchen und wurde prompt mit einem Kieselstein begrüßt.

»Der hat's gut«, bemerkte Elias, als der Lavaat seinen Imbiss verspeiste. »Der bekommt schon eine Vorspeise.«

Lena grinste. »Frag den Herrn Direktor doch, ob er dir auch einen Kiesel spendiert. Pik teilt sicher gern mit dir, Hohlbirne.«

Doch Herrn von Schlotterfest schienen ganz andere Dinge zu beschäftigen. »Ich kann mir das nicht erklären«, hörte Lena ihn gerade sagen. »Gestern war er doch noch so freundlich …«

»So ist das eben manchmal, lieber Herr Direktor«, erwiderte Frau Schipanelli. Gelassen lehnte sie sich in ihrem Sitz zurück und schlug die Beine übereinander. »Mal hat man gute Laune und mal schlechte. Nehmen Sie nur mich: Meine Laune ist jetzt schon den zweiten Tag in Folge absolut blendend!«

»Ja, gut«, meinte der Direktor. Ratlos nestelte er an seinem Monokel herum. »Aber Bürgermeister Schultze war sonst *immer* nett. Eine wahre Seele von einem Menschen. Ich kenne ihn auch schon sehr lange. Aber als ich vorhin mit ihm sprechen wollte, hat er mir auf sehr schroffe Weise zu verstehen gegeben, dass er darauf keine Lust hat. Keine Lust!«

»Ich verstehe, was Sie meinen, Herr von Schlotterfest«, warf Geiergift ein. Der strenge Lehrer sah noch missmutiger aus als sonst, und sein Blick ging ins Leere. »Auch ich war heute Nachmittag in Schönecken unterwegs. Ich wollte an den Fischteichen entlangspazieren. Doch zwei Angler hatten andere Pläne. Sie behaupteten, ich würde ihre Fische vertreiben – durch meine pure Anwesenheit!«

»Na sowas«, staunte der Direktor.

Geiergift nickte grimmig. »Ich fand den Vorwurf auch ausgesprochen lächerlich. Doch die beiden Herren ließen nicht locker. Sie bestanden darauf, dass ich verschwinde und ihre Teiche in Ruhe lasse. Als ich ging, hörte ich, wie sie sich nun *gegenseitig* vorwarfen, die Fische zu stören.«

Lena runzelte die Stirn. Sie lauschte nicht gern, denn das gehörte sich nicht. Die Unterhaltung der Erwachsenen war aber laut genug, dass sie sich gar nicht erst anstrengen musste, um sie zu verstehen. Und sie war ausgesprochen interessant!

Noch mehr unfreundliche Schönecker?, dachte das Mädchen. *Wie eigenartig. Auch Herr Geiergift und der Direktor finden, dass hier etwas nicht stimmt. Die Leute verhalten sich plötzlich wie ausgewechselt.*

»Ich frage mich, was nur in die Leute gefahren ist«, sagte Herr von Schlotterfest. »So kenne ich Schönecken gar nicht. Hier war man stets sehr offen und Fremden zugewandt.« Gedankenverloren gab er Pikrit gleich zwei weitere Kieselsteine, die dieser begierig verschlang.

»Was Sie nur wieder haben.« Schipanelli winkte ab. »Lassen Sie die Leute doch sein, wie sie wollen. Das steht doch jedem frei. Niemand ist verpflichtet, ständig lieb und nett zu sein – auch nicht in der Schönecker Schweiz.«

Geiergift wollte etwas einwerfen, das sah Lena genau. Doch seine Kollegin ließ ihn gar nicht erst zu Wort kommen.

»Ich finde …«, begann sie und strahlte, als Phillip und einige andere zum Küchendienst abgestellte Schüler mit dampfenden Schüsseln in den Saal kamen. »Ich finde, Sie sollten sich alle beide einfach mehr entspannen. Sich nicht den Kopf über andere Leute zerbrechen, die Sie ohnehin nichts angehen. Es ist kurz vor Ostern, und wir sind im Prümer Land. Freuen Sie sich auf die Eierlage und all die anderen Festivitäten, die uns bevorstehen. Und gehen Sie ruhig mal wieder im Wald spazieren, meine Herren. Das bringt Sie auf andere Gedanken – vor allem, wenn Sie allein unterwegs sind.«

Lena hob eine Braue. *Nanu?*

Auch Direktor von Schlotterfest war plötzlich hellhörig geworden. »Allein? Warum denn ausgerechnet allein, liebe Frau Kollegin?«

»Och, nur so«, wiegelte die Lehrerin ab. »Allein kommt man doch immer auf die besten Ideen.«

Schnell griff sie nach der Schüssel, in der frisch gekochte Nudeln dampften, und bediente sich. Dabei lächelte sie wie über einen Scherz, den nur sie kannte. Das Gespräch, das war mehr als deutlich, war in ihren Augen beendet. Und tatsächlich: Auch die anderen beiden Lehrer zuckten mit den Achseln und machten sich an ihr Abendessen.

Herr Butterball schloss sich ihnen gerade an und verwickelte sie prompt in eine andere, deutlich weniger denkwürdige Unterhaltung. »Na, was hatten wir heute für ein tolles Wetter! Finden Sie nicht auch?«

Phillip und Mehtap kamen zu Lena und Elias. Auch sie setzten sich nun an ihre Plätze.

»Was war denn da hinten bei Geiergift und der Schipanelli los?«, fragte Elias' Zimmergenosse.

»Das«, antwortete Lena langsam, »ist eine sehr gute Frage.«

Das Essen schmeckte wunderbar. Nach anfänglichem Zögern nahm auch sie sich Nudeln und goss eine Kelle köstlicher Tomatensoße darüber.

Phillip stieß Elias freundlich an. »Das ist das perfekte Menü für uns Profisportler, meinst du nicht auch? Nudeln sind gut, wenn man im Training ist.«

»Seid ihr immer noch mit dieser Eierlage dran?« Mehtap rollte mit den dunklen Augen. »Ich dachte, Kinder dürfen da nicht teilnehmen.«

»Stimmt«, sagte Lena. »Und es sind auch immer nur zwei Teilnehmer, nicht mehr. Ehrlich, Jungs: Das Thema hatten wir doch längst besprochen.«

»Und wir«, gab Phillip stolz zurück, »hatten euch gesagt, dass wir auf die alten Regeln pfeifen. Wir sind hier, also wird es allerhöchste Zeit, dass Schönecken sich neu aufstellt. Ich finde, die Eierlage sollte für alle sein. Ich habe ja schließlich nicht umsonst den ganzen Nachmittag über Laufen trainiert.«

»Er findet, dass alte Traditionen für ihn nicht gelten.« Mehtap warf Lena einen Blick zu, der mehr sagte als tausend Worte. »Ist das nicht mal wieder typisch für unsere Jungs?«

»Absolut typisch«, stimmte Lena zu.

Dann grinste sie und hob die Gabel mit den noch immer dampfenden Nudeln zum Mund.

Kapitel 6
Auf heißer Spur

Der Wald war finster und eisig. Graue Nebelschwaden zogen zwischen den Bäumen umher wie Geister, strichen über raues Felsgestein und bedeckten hier und da den kalten Erdboden. Lena stand im schwachen Schein des Mondes, der durch die Wipfel fiel, und schlang die Arme um den fröstelnden Oberkörper. Dann sah sie zur Jungfernley.

Der steinerne Turm ragte über ihr empor, als wolle er am Nachthimmel kratzen. Im Mondlicht und im Nebel wirkte er noch viel unheimlicher als am Tag. Trotz der Dunkelheit war ihr, als könne sie jeden einzelnen Riss in dem alten Fels erkennen, jeden Flecken Moos und jeden Schatten.

Doch die anderen Felsen, jene rechts und links der alten Jungfernley … waren anders.

Lena wusste es nicht besser zu beschreiben. Es war nur ein Gefühl; nichts, was man in Worte kleiden und erklären konnte. Irgendetwas an diesen übrigen Felsen hier draußen war eigenartig. Anders als bei der Jungfernley.

Und unheimlich.

Lena zuckte zusammen, als links hinter ihr plötzlich ein Rascheln erklang. Schnell wirbelte sie herum, spähte ins Dunkel. War da jemand zwischen den Büschen? Beobachtete man sie etwa aus den Schatten heraus, aus der Deckung des grauen Nebels?

Eine Bewegung folgte, gleich in ihrem Augenwinkel! Lena drehte sich erneut um, kniff die Lider enger zusammen. Dann wiederholte sich die Bewegung – nun aber auf ihrer anderen Seite! Wieder drehte Lena sich zur Seite. Sie sah ins dunkle Nichts der Nacht und ballte kampfbereit die Fäuste. Ihr Herz pochte wie verrückt, und kalter Schweiß trat ihr auf die Stirn.

»W… Wer ist da?«, rief sie. Klang sie wirklich so ängstlich, wie sie sich fühlte? »Zeig dich gefälligst! Wer bist du, und was willst du?«

Der Wald schwieg sich aus. Nichts schien sich mehr zwischen den Büschen und Bäumen zu regen, nichts hinter den mannshohen Felsen vor der Jungfernley zu lauern. Bis …

Der Nebel teilte sich, ganz plötzlich. Ein Strahl Mondlicht fiel sofort auf die entsprechende Stelle des Waldes, als hätte er nur auf den richtigen Moment gewartet. Und aus dem Dunkel hinter einem der Felsen trat eine zweite Lena Schäfer!

Ungläubig starrte Lena die Fremde an. Das Mädchen glich ihr selbst bis aufs Haar, vom Kopf bis hinunter zu den Schnürsenkeln. Das *war* sie selbst. Und doch …

»Hallo, Lena«, sagte die Fremde mit bedrohlich tiefer Stimme. Dabei grinste sie frech und angriffslustig. »Hast du dich verirrt?«

Lena keuchte. Vorsichtig wich sie einen Schritt zurück, aber ohne den Blick von ihrer unheimlichen Doppelgängerin zu nehmen. »Wer bist du?«

»Für wen hältst du mich denn?«, gab die zweite Lena zurück, abermals grinsend und abermals grimmig. »Sehe ich nicht exakt so aus wie du? Bin ich nicht exakt so wie du?« Das Grinsen wuchs. »Aber in einer wichtigen Kleinigkeit unterscheiden wir beide uns dann doch. Weißt du, in welcher?«

Lena wusste nichts zu antworten. Was in aller Welt geschah hier? Was war nur los in der Schönecker Schweiz? Eine zweite Lena? Sie wollte den Kopf schütteln, irgendetwas sagen, aber sie brachte kein Wort zustande. Alles, was sie noch tun konnte, war ungläubig glotzen – und langsam, aber sicher weiter rückwärts gehen. Weg von der Fremden mit ihrem Gesicht.

»Na, dann verrate ich es dir, Dummerchen«, fuhr die zweite Lena fort. »Ich bin diejenige von uns, die aufpasst!«

Im ersten Moment wusste Lena nicht, was ihre Doppelgängerin damit meinte. Doch schon im nächsten Augenblick begriff sie es. Dann, als sich zwei Arme von hinten um ihren Bauch legten und fest zudrückten!

Sie erwachte mit einem Schrei auf den Lippen. Doch als sie die vertrauten Wände ihres Zimmers auf Burg Krähenfels sah, schluckte sie ihn schnell wieder herunter.

Nur ein Traum, dachte sie, während ihr schnaufender Atem langsamer wurde und der kalte Schweiß auf ihrer Stirn zu trocknen begann. *Es war nur ein böser Traum.*

Aber was für einer! Lena zitterten noch die Knie, als sie die Beine über die Bettkante schwang und aufstand. Langsam ging sie zum Fenster und sah hinaus auf den ebenso friedlich wie verlassen daliegenden Burghof. Fast war sie überrascht, dort unten keine zweite Lena zu erblicken.

»Nur ein Traum«, wiederholte sie leise. »Die war nicht echt.«

Dann riss sie die Augen auf. Konnte es wirklich so einfach sein? War das die Spur, die sie die ganze Zeit übersehen hatten?

Barfuß und mit nichts außer ihrem Lieblingsschlafanzug am Leib verließ sie das Zimmer. Der Flur des Internats war still und dunkel, überall schliefen die Kinder und Erwachsenen. Doch Lena kannte den Weg und eilte lautlos zur Treppe. Im Nu war sie auf der Etage, in der die Jungs schliefen.

Das Zimmer, in dem Elias und Phillip wohnten, profitierte von der Dunkelheit. Im Schutz der Nacht sah man das Durcheinander nämlich nicht, das die beiden regelmäßig verursachten. Lena ging auf Zehenspitzen zum Bett ihres schlafenden Bruders und stieß dabei mehrmals gegen irgendwelche Gegenstände auf dem unaufgeräumten Fußboden. Hatten die zwei Spinner hier etwa eine Art Parcours aufgebaut? Ein Trainingsfeld für die Eierlage?

»Psst«, machte sie und ging neben Elias in die Hocke. »Psst, Hohlbirne. Bist du wach?«

Vorsichtig rüttelte sie ihn. Dann ein zweites Mal, nur etwas fester.

»Elias?«, flüsterte sie. Sie warf einen vorsichtigen Blick zum zweiten Bett, in dem Phillip nach wie vor friedlich schlummerte. »Ich bin's.«

»Wasn los?«, brummte ihr Bruder. Endlich kam Leben in ihn. Er drehte sich um, streckte die Beine unter der Bettdecke aus und öffnete widerwillig die Augen. »Lena?«

»Nein, hier ist die Zahnfee«, gab sie scherzend zurück. »*Natürlich* bin ich es. Wen hast du denn erwartet?«

Elias sah blinzelnd zum dunklen Fenster. »Um die Zeit eigentlich niemanden«, antwortete er leise. »Was ist denn? Brennt das Internat?«

Sie schüttelte den Kopf. »Ich weiß es jetzt, Hohlbirne. Ich glaube, ich habe das Rätsel von Schönecken durchschaut.«

»Ach ja?« Er setzte sich auf und wirkte mit einem Mal deutlich interessierter. »Ganz plötzlich?«

»Ganz plötzlich«, bestätigte sie.

Dann verriet sie ihm ihren Plan.

Der Morgen graute über dem Prümer Land. Erste Sonnenstrahlen tanzten auf dem Wasser der Nims, und auf den altehrwürdigen Mauern der Burgruine saßen zwitschernde Vögel.

Elias verzog das Gesicht. »Ehrlich, Lärma: Hätte dein toller Plan nicht bis nach dem Frühstück warten können? Ich bin hundemüde. Und hungrig!«

Lena, die vor ihm her radelte, drehte nicht einmal den Kopf zu ihm um. »Du hast gesagt, du willst das Rätsel von Schönecken lösen. Genau wie ich. Und ich glaube, wir können es nirgendwo anders lösen als dort draußen im Wald.«

»Schon«, gab er zu. Sein Magen knurrte, leise und vergebens. »Aber hat das nicht Zeit?«

»Pik neugierig«, sagte der Lavaat. Er war das dritte und letzte Mitglied ihres morgendlichen Ausflugs in die Schönecker Schweiz und saß wie schon so oft zufrieden auf Elias' Gepäckträger. »Rätsel lösen.«

»Ja doch«, brummte der Junge und trat wieder in die Pedale. »Ist ja schon gut.«

Der Weg in den Wald wirkte völlig unberührt. Die Zwillinge und ihr kleiner Begleiter waren die Allerersten, die sich an diesem Tag in Richtung Jungfernley aufgemacht hatten. Elias sah zu den hohen Bäumen rechts und links des schmalen Pfads und fand auch die ein oder andere Krausbuche, halb versteckt hinter den Büschen. Der Anblick ließ ihn stutzen, denn als er zuletzt hier gewesen war, hatte er die knorrigen Gewächse gar nicht bemerkt.

Sind die nicht angeblich extrem selten?, erinnerte er sich. *Und dann stehen die hier einfach so, ohne dass man es merkt? Denn über Nacht werden die ja wohl kaum gewachsen sein, oder?*

Nach einigen hundert Metern wurde der Weg zu uneben für die Räder. Abermals lehnten die Zwillinge sie gegen einen besonders dicken Baum und gingen zu Fuß weiter. Pikrit trottete fröhlich neben ihnen her, winkte Schmetterlingen zu und lachte über ein flinkes Eichhörnchen.

»Erzähl's mir noch mal, Lärma«, bat Elias. »Was genau hat dein Albtraum dir verraten?«

Nun drehte sie sich zu ihm um. »Im Grunde gar nichts. Träume sind ja keine Botschaften, die jemand dir sendet. Sie enthalten nur Dinge, die aus deinem eigenen Kopf stammen. Aber der Traum hat mir gezeigt, dass es da etwas geben muss, was wir die ganze Zeit schon gesehen und doch *über*sehen haben. Und zwar gleich da vorne bei der Jungfernley.« Sie zögerte. »Zumindest denke ich das.«

»Sie denkt«, wiederholte Elias brummend. »Ich bekomme kein Frühstück, weil meine Schwester denkt. Na super.«

Dann kamen sie zur Jungfernley. Die rauen Felsen sahen noch genauso aus wie am Vortag. Bäume und Buschwerk flankierten sie, und das Moos auf ihrer Oberfläche war noch feucht vom Tau. Auch hier fiel Elias eine der so genannten Hexenbuchen auf, die halb versteckt hinter zwei dicken Dolomitfelsen stand. Wieder war ihm, als sähe er sie zum ersten Mal, aber das war natürlich vollkommener Unsinn. Bäume entstanden ja nicht aus dem Nichts.

»So«, meinte er. Dabei lehnte er sich müde an einen der frei stehenden Felsen und verschränkte die Arme vor der Brust. »Da wären wir. Und was jetzt, Sherlock Lena?«

Das Mädchen würdigte ihn keines Blickes. Langsam ging sie zwischen den Bäumen umher, suchte nach nicht auffindbaren Hinweisen. Auch Pikrit sah fragend zum Waldboden und kratzte sich dabei am rauen Schädel.

»Erde an Lärma«, drängte Elias. Sein Magen knurrte immer lauter, und allmählich verhagelte ihm der Hunger die Laune. »Was wir jetzt machen sollen, habe ich gefragt. Einfach vom hier Herumstehen kommen wir *bestimmt* nicht weiter.«

Nun endlich drehte Lena sich zu ihm um. Sie öffnete den Mund zu einer fraglos tadelnden Erwiderung, riss dann aber stumm die Augen auf und glotzte.

Elias runzelte die Stirn. »Äh. Ist irgendwas? Was guckst du denn so?«

»Da«, sagte Lena. In ihrem Ton lagen Unglaube und Staunen. »Da, Hohlbirne. Direkt neben dir.«

Sofort zuckte der Junge zurück. Elias ließ die Arme sinken und sah zu dem Felsen, an den er sich eben noch gelehnt hatte. Dann begriff er, und mit einem Mal verschlug es auch ihm die Sprache.

»Lehrerin«, raunte Pikrit. Vorsichtig trat er näher. »Stein wie Lehrerin.«

Tatsächlich! Der mannshohe Fels, an dem Elias eben noch so achtlos gestanden hatte, unterschied sich von den meisten anderen hier draußen in zwei Details. Zum einen haftete kein einziges Stück Moos an seiner rauen Außenseite. Und zum anderen glichen seine Umrisse – ganz grob, im richtigen Winkel aber dennoch unverkennbar – denen von Eusebia Schipanelli.

»Nicht im Ernst«, murmelte Elias.

»Das ist es.« Lena kam näher, sichtlich atemlos. »Das muss es sein, Hohlbirne.«

»Ja, vielleicht schon.« Elias nickte, stutzte dann aber. »Und, äh, was genau *ist* das?«

»Denk mal nach«, drängte sie ihn. »Wer verhält sich schon seit Tagen ausgesprochen untypisch? Wer kommt selbst den anderen Lehrern vor wie ausgetauscht, seit wir in Schönecken sind?«

Abermals nickte er. »Frau Schipanelli.«

»Ganz genau.« In Lenas Augen lag ein aufgeregtes Funkeln. »Und wer war ebenfalls ganz seltsam, gleich nach einem Besuch der Jungfernley?«

»Frau Kuhnst?«, fragte er.

Nun war sie diejenige, die nickte. »Außerdem hatten beide plötzlich einen Gehstock dabei, Elias. Einen ganz besonders *knorrig* wirkenden Gehstock. Und denk an die Menschen drüben im Ort, die sich alle ganz ungewöhnlich verhalten. An die zwei im Pavillon, an die Angler bei Herrn Geiergifts Fischteichen und an den Bürgermeister, der unseren Direktor abblitzen lässt.«

Elias riss die Augen auf. Fassungslos deutete er auf den Felsen mit Frau Schipanellis Umrissen. »Du meinst ...«

»Ich meine, die *wurden* ausgetauscht«, bestätigte Lena. »In echt. Deshalb benehmen sie sich alle so untypisch: weil es Doppelgänger sind. Die wahre Frau Schipanelli würde niemals Witze machen, und Pik würde sie auch nie anknurren. Und der echte Schönecker Bürgermeister ist bestimmt total nett, ganz wie Herr von Schlotterfest es sagte.«

»Das bedeutet dann, dass die *echten* Schönecker alle hier im Wald herumstehen?« Elias schluckte. »In Stein verwandelt? Aber warum? Wer macht so etwas, Lena?«

Sie antwortete nicht gleich, sondern ging zu einer der Krausbuchen. Auch Pikrit stand schon vor dem knorrigen Baum, dessen Zweige ganz verdreht und gebogen wirkten – fast wie hölzerne Korkenzieher.

»Eine Hexe, vermutlich«, sagte sie dann. »Herr Geiergift sagt, diese Buchen würden in der Region auch Hexenholz genannt. Erinnerst du dich? Und sowohl Frau Schipanelli als auch Frau Kuhnst kamen mit einem knorrigen Stock zurück aus dem Wald. Ich wette, die Stöcke sind aus Hexenholz geschnitzt worden. Von …«

»Von der Person, die in der Hohlley campiert!«, platzte es aus Elias heraus. Mit einem Mal war er ganz aufgeregt. »Da lagen Schnitzreste am Boden. Baumrinde und … und Splitter und …«

Lena lächelte zufrieden. »Exakt. Ich kann es nicht beweisen, aber ich wette, die Hexe von Schönecken hat sich genau dort versteckt. Beim angeblichen Tor zur Unterwelt in der Schönecker Schweiz.«

Elias schluckte. Staunend und ein wenig mitleidig sah er zu dem Fels, der ihn frappierend an seine Lehrerin erinnerte. »Wenn das so ist, dann müssen wir die Schönecker befreien. Und Frau Schipanelli.«

Seine Schwester nahm Pikrit an der Hand. »Das werden wir auch, Hohlbirne«, sagte sie fest. »Nämlich genau jetzt.«

~

Kapitel 7
Auge in Auge

Das Tor zur Unterwelt wirkte an diesem Morgen ganz besonders düster. Lena fröstelte beim Anblick der Hohlley, und das lag ganz sicher nicht nur an der Kälte der Nacht, die sich noch immer im Wald hielt. Die Zwillinge und ihr kleiner Lavaat waren von der Jungfernley aus direkt weiter zu den Höhlen gezogen. Denn hier, so ahnte Lena, würde sich alles entscheiden.

Hoffentlich.

Aus dem Inneren der Höhle drang ein ebenso dünner wie vielsagender Rauchfaden ins Freie. Irgendjemand hatte in der Hohlley ein Feuer entzündet. Wer immer da auch campierte, war um diese frühe Stunde offenbar noch zu Hause.

»Und jetzt?«, flüsterte Elias. »Was machen wir, Lärma? Wie besiegt man eine Hexe?«

Der Junge kauerte direkt neben Lena hinter einem besonders dicken Baumstamm. Von hier aus hatten sie den Eingang der großen Höhle im Fels gut im Blick. Pikrit war ebenfalls ganz in der Nähe, hatte sich aber unsichtbar gemacht, weshalb Lena nicht genau wusste, wo er sich befand.

»Gute Frage«, erwiderte sie leise. »Vielleicht nach guter alter Yolanda-Art?«

Dann stand sie auf. Lena musste all ihren Mut zusammennehmen, um aus ihrem Versteck heraus und direkt vor die Höhle zu treten. Es gelang ihr, wenn auch mit zitternden Knien.

»He!«, rief sie der dunklen Öffnung im Fels entgegen. »He, du! Wir wissen, dass du da drin bist. Und wir wissen, was du in Schönecken angestellt hast. Also komm raus und zeig dich uns.«

Nichts geschah. Das Herz schlug Lena bis zum Hals, und ihre Fingerkuppen kribbelten vor Nervosität, genau wie in ihrem Traum. Doch das hier war kein Albtraum, sondern echt. Das wusste sie. Genau wie sie wusste, was dort vor ihr in der dunklen Höhle wartete: eine waschechte böse Hexe.

»Ich sagte: Komm raus«, rief Lena erneut. Sie stemmte die Hände an die Hüfte, damit man ihr Zittern nicht so leicht bemerkte. »Komm und …«

In dem Moment geschah es. In der Öffnung im Fels bewegten sich die Schatten. Fast sah es aus, als formten sie sich neu und bildeten aus ihrer Schwärze und Finsternis plötzlich eine Gestalt mit menschlichen Zügen. Dann trat eine Frau ins Licht des jungen Tages.

»Moment mal«, wunderte sich Elias. Perplex trat er aus seiner Deckung und zu Lena. »*Sie* sind das?«

Klara Werne trug dieselbe Kleidung wie am Vortag. Sie lächelte freundlich und ein wenig schüchtern. Gleichzeitig schob sie sich die Brille mit der schwarzen Fassung die Nase hoch. »Hallo, Lena und Elias«, grüßte sie. »Na, das ist ja eine Überraschung. Macht ihr etwa einen kleinen Waldspaziergang, genau wie ich?«

Elias setzte zu einer Antwort an, doch Lena kam ihm zuvor.

»Sie können uns keine Märchen erzählen, Frau Werne«, warnte das Mädchen. »Wir wissen nämlich Bescheid. Geben Sie es ruhig zu: Sie sind nicht auf einem Spaziergang. Sie sind eine Hexe! Sie wollen die Schönecker durch Doppelgänger austauschen, die sie aus den Felsen des Waldes erschaffen.«

»Na, na, na«, tadelte die vermeintliche Assistentin der Bildhauerin. Abermals rutschte ihr die Brille den Nasenrücken hinunter, und sie hob die Hände, um sie festzuhalten.

»Hexe? Was für ein hässliches Wort, Lena. Nein, das bin ich ganz sicher nicht.«

Einen Sekundenbruchteil später ließ sie die Hände sinken – und in der Höhlenöffnung hinter ihr loderten plötzlich grelle Flammen auf! Das Feuer füllte nahezu den kompletten Eingang aus, eine Wand aus Hitze und Verbrennen. Klara Werne stand vor ihr wie eine Teufelin, und sie lächelte grimmig. Dunkler Rauch stieg zum Himmel, und eine regelrechter Schwall aus Wärme schlug Lena entgegen. Mit einem Mal begriff das Mädchen, dass Werne ihnen nie bestätigt hatte, Frau Kuhnsts Assistentin zu sein. Sie waren einfach nur davon ausgegangen.

»Aber ich sehe schon«, fuhr Werne fort, »dass ich euch beiden nicht länger etwas vormachen kann. Erlaubt mir daher, dass ich mich euch *richtig* vorstelle. Ich bin älter als die meisten Bäume hier draußen und mächtiger als alle Schönecker zusammen. Ich, Lena und Elias, bin die Jungfer aus den alten Sagen, die Quelle aller Legenden dieser Ecke der Eifel – und ich bin zurückgekommen, um mein Werk ein für alle Mal zu vollenden!«

Lena schluckte. Mit einem Mal war ihr, als fielen ihr Tomaten von den Augen. Endlich sah sie, was hier gespielt wurde, und die Erkenntnis erschreckte sie bis ins Mark. »Sie waren die böse Frau aus der Jungfernley-Sage!«, begriff sie. »Und Sie waren eine der Hebammen, die damals die Schönecker Kinder aus dem Fels gezogen haben!«

»*Eine* der Hebammen?« Werne lachte. »Du dummes Kind, es gab immer nur mich! Von Anfang an mich, niemanden sonst. Im Laufe der Jahrhunderte war ich immer mal wieder hier, und jedes einzelne Mal versuchte ich, meinen Plan in die Tat umzusetzen. Ich wollte Schönecken stets nach meinem Geschmack gestalten, und genau das werde ich jetzt endlich tun. Ihr zwei Dreikäsehochs könnt mich nicht aufhalten.«

Sie warf die Brille achtlos zur Seite; die Zeit für Verkleidungen schien vorbei zu sein. Mit der nächsten, unfassbar kraftvollen Bewegung riss sie ihren Rollkragenpullover entzwei. Darunter kam ein dunkles Kleid zum Vorschein, an dem knorrige Ranken hingen, die an die Äste der Krausbuchen erinnerten. Die Ranken bewegten sich langsam, zuckten und zappelten wie Schlangen. Der Anblick passte deutlich besser zum Bild einer Hexe, zumal hinter Klara Werne nach wie vor das unbändige Feuer der Hohlley loderte, als wolle es den Fels zum Schmelzen bringen, in dem die Höhlen lagen.

»Aber warum?«, fragte Elias. Erschrocken wich er einen Schritt zurück und griff gleichzeitig nach Lenas Hand. »Warum machen Sie das nur? Weshalb sind Sie so gemein?«

»Weil ich es kann!«, zischte die böse Frau. »Habt ihr eine Ahnung, wie einsam es ist, wenn man keine Heimat hat? Wie weh es tut, wenn man sich nirgendwo zugehörig fühlt? Seit Jahrhunderten suche ich schon nach einem Ort, den ich mir schön machen kann – so, wie ich ihn haben möchte. Und Schönecken gefällt mir ganz besonders – mit seiner herrlich unberührten Natur und seiner stolzen alten Burg. Seiner Ruhe und Abgeschiedenheit. Ja, Elias: Hier will ich sein. Und hier *werde* ich sein. Ich muss mir die Menschen hier in der Eifel nur noch so umgestalten, dass auch sie mir gefallen.«

»Indem Sie sie ins Gegenteil dessen verwandeln, was sie eigentlich sind«, verstand Lena. »In böse anstatt in liebe Leute.«

Werne nickte. »Ins Gegenteil, ganz genau. Ich mache Schönecken zu einem Ort, in dem jeder so ist wie ich, versteht ihr? Herrlich gemein!« Sie lachte böse. »Das habe ich damals schon mit den Neugeborenen versucht, aber es hat nicht funktioniert. Und jetzt versuche ich es mit den Erwachsenen. Ich muss zugeben: Es geht viel, viel einfacher. Erwachsene sind so leicht zu manipulieren, das könnt ihr euch gar nicht vorstellen …«

Das erklärte auch Frau Schipanellis Verwandlung, ahnte Lena. Die Lehrerin war eigentlich immer grimmig und streng. Wenn man die ins Gegenteil umkehrte, *musste* sie ja ganz fröhlich und freundlich werden. Und die netten Schönecker wurden dann selbstverständlich zu streitsüchtigen Grummelköpfen, die einander nicht länger die Butter auf dem Brot gönnten – oder das bunte Ei am Ostermorgen.

Mit einem Mal musste das Mädchen wieder an Frau Kuhnst denken, die wie verwandelt zurück in die Burgkapelle gekommen war. An die zwei Männer am Trinkpavillon vor dem Forum. All diese Menschen – und gewiss schon viele mehr – hatte Klara Werne mit der Magie der Schönecker Schweiz gegen böse Zwillinge ausgetauscht. Und die echten Opfer ihres dunklen Treibens waren seitdem hier draußen im Wald gefangen, erstarrt zu kleinen Dolomitfelsen.

Im Wald, dachte Lena plötzlich. *Hier im Wald. Hmmm …*

»Das … Das geht nicht«, stammelte Elias. »Das dürfen Sie nicht.«

»Na und?« Werne grinste gehässig. »Ich mache, was immer mir gefällt, du Knirps. Wer soll mich schon daran hindern, hm?«

»Wir«, begann Lena leise. Mit jedem weiteren Wort wurde ihre Stimme lauter, fester. »Wir alle zusammen. In Schönecken beugt man sich nämlich niemandem, Frau Werne. Auch nicht einer bösen alten Frau.«

Sie wusste nicht, ob sie mit ihrer Vermutung richtig lag. Aber sie hatte eine Idee und ahnte, dass Pikrit in eine ganz ähnliche Richtung denken musste. Immerhin war der Lavaat seit Minuten unsichtbar, und dafür konnte es eigentlich nur diesen einen Grund geben.

»Jetzt!«, rief sie laut. »Jetzt, Pik! Tu es!«

Werne runzelte die Stirn. Fragend sah sie sich um. »Pik? Was zum Donnerwetter ist denn jetzt ein Pik?«

»Ich Pik«, antwortete ihr eine dunkle Ofenrohrstimme. »Und ich hier!«

Einen halben Herzschlag später wurde der Lavaat sichtbar. Pik grinste ebenfalls, stand direkt an einem der mannshohen Felsen und holte mit einem besonders knorrig wirkenden Krausbuchen-Ast aus – mit einem waschechten Stück Hexenholz. Der Ast schlug krachend gegen den schmalen Felsen, und im selben Moment bekam der Stein Risse!

Binnen eines einzigen Augenblicks weiteten sie sich, wurden länger und breiter, tiefer und massiver. Lena hatte auf nichts anderes gehofft und staunte doch sehr, als plötzlich eine Hand aus einem der Risse ragte! Unmittelbar darauf rieselten Steinbröckchen von der Spitze des Felsens zu Boden, wo auf einmal ein menschlicher Kopf hervorlugte wie der eines frisch schlüpfenden Kükens aus einer zerbrechenden Eierschale.

»Du meine Güte!«, rief Elias.

Pikrit setzte sofort nach. Der Lavaat lief los, auf den nächsten freistehenden Felsen zu, und schlug ebenfalls mit dem Hexenholz darauf. Auch hier wirkte der Zauber: Der Fels bekam Risse, und ein Mensch wurde dahinter sichtbar.

»Was macht ihr?«, keuchte Klara Werne. Lena sah, wie die böse Frau ungläubig die Augen weitete. Das Feuer in ihrem Rücken wurde kleiner, schwächer. »Was soll das, ihr frechen Gören?«

»Wir wehren uns«, antwortete Lena. »Genau wie Yolanda. Wir geben nicht nach, wenn jemand gemein ist.«

Sie half dem ersten Mann aus dem felsigen Gefängnis. Sofort erkannte sie ihn wieder: Es war Karl, der Mann vom Pavillon. Er sah sich verwirrt um, als sei er gerade aufgewacht, wirkte aber kerngesund und unverletzt.

»Wo bin ich?«, wunderte sich der Schönecker. »Und wer seid ihr?«

»Freunde«, rief Elias als Antwort herüber. »Wir sind Freunde, die Ihre Hilfe brauchen.«

Er stand schon am zweiten Felsen, wo Karls schnurrbärtiger Kompagnon – der echte, nicht das streitlüsterne Double vom Vorabend – ins Freie trat. Hinter den beiden sah Lena, wie Pikrit immer weiter gegen Dolomiten schlug und einen Gefangenen nach dem anderen »aufweckte«.

»Genau«, stimmte Lena ein. Sie sah zu Karl. »Wir brauchen Hilfe, um diese böse Frau aus Schönecken zu vertreiben. Gemeinsam schaffen wir es, ganz bestimmt!«

»Na, wenn das so ist.« Karl nickte entschlossen, schaute zu Werne hinüber und drohte mit der geballten Faust. »Pass bloß auf, du! He, Jupp. Mach dich mal nützlich, Kollege, und komm rüber.«

Jupp, der Schnauzbärtige, kam mit Elias. Weitere Männer und Frauen schlossen sich ihnen an. Immer mehr kamen aus dem Dickicht der Bäume getreten, bestimmt ein knappes Dutzend. Lena erkannte so manches Gesicht aus den Straßen und Gassen des Ortes wieder. Auch der Pastor war in der Menge.

Die Bürgerinnen und Bürger Schöneckens stellten sich im Halbkreis vor der Hohlley auf. Elias und Lena standen vorne, Auge in Auge mit Klara Werne. Die böse Frau aus der Sagenwelt war bis zum Eingang der großen Höhle zurückgewichen, in dem nun kein einziges Feuer mehr brannte. Lena wusste, dass ihre Macht Grenzen hatte. Und sie lächelte.

»Das Spiel ist aus, Frau Werne«, sagte das Mädchen. Dieses Mal musste sie gar nicht mehr tun, als sei sie mutig. Sie fühlte sich tatsächlich so. »Geben Sie auf. Gegen Schönecken haben sie keine Chance. Damals nicht und heute nicht. Denn hier hört man nicht auf Grobiane.«

»Genau!«, rief Elias. »Kein Platz für Grobiane!«

»Kein Platz für Grobiane!«, stimmten Karl und die anderen Erwachsenen begeistert ein. Das Echo ihres vielkehligen Rufs hallte von den Felsen der Hohlley wieder wie ein heiliger Schwur.

»… und dann ist die böse Hexe einfach wieder in ihrer Höhle verschwunden«, beendete Lena den Bericht. »Sie hat sich umgedreht, ist in die Höhle gelaufen – und als wir ihr nachgegangen sind, um sie zu suchen, waren sie und all ihre Sachen verschwunden. Keine Spur von ihnen lag mehr am Boden der Höhle, Herr Direktor.«

Es war Nachmittag geworden, und über dem Tal der Nims schien strahlend schöne Ostersonne. Lena, Herr von Schlotterfest und alle anderen Angehörigen der Schule standen am Ufer des plätschernden Baches, umgeben von hohen Bäumen und dichtem Buschwerk. Zwei Schmetterlinge flatterten durch die angenehm warme Luft, und im Wasser der Nims schwamm eine besonders dicke, herrlich ungestörte Forelle.

»Na, das ist ja eine Geschichte.« Fassungslos richtete der Internatsleiter sein Monokel. »Du liebe Güte, was ihr auch immer für Abenteuer erlebt. Ich denke noch, alles sei in bester Ordnung, aber die Geschwister Schäfer sind natürlich schon längst bei der Sache und kopfüber im Geschehen. Passt bloß auf, Lena. Bringt euch nicht unnötig in Gefahr.«

»Es ist ja noch mal gut gegangen«, beruhigte sie ihn.

Das stimmte tatsächlich. Mithilfe der Schönecker hatten Lena und Elias alle Gefangenen aus dem Wald befreit. In dem Moment, da die echten Personen aus den Felsen gekommen und wieder erwacht waren, waren ihre Doppelgänger so spurlos verschwunden, wie sie gekommen waren. Auch Frau Schipanellis dauerfröhlicher Zwilling existierte nicht mehr, und an seine Stelle war die gute alte echte Lehrerin getreten – so streng und grimmig wie eh und je.

Doch das Beste war ganz woanders geschehen und hatte gar nichts mit dem Rätsel von Schönecken zu tun gehabt:

Phillip hatte am Morgen abermals mit seinem Vater telefoniert. Elias war ganz stolz auf seinen Freund und Zimmergenossen, denn er hatte seinem Papa freundlich, aber auch klar erklärt, dass er noch nicht wisse, was er einmal werden wolle. Aber dass er sich freuen würde, wenn sein Papa ihn bei seiner späteren Wahl unterstützte. Sein Vater hatte es daraufhin versprochen.

»Phillip war ganz mutig am Telefon«, hatte Elias es formuliert. »Stolz wie Yolanda, und dabei immer noch freundlich.«

Letzteres traf auch auf Frau Schipanelli zu. Sie mochte keine dauerlächelnde Doppelgängerin mehr sein, aber auch sie lächelte gerade. »In Ordnung, Phillip und Elias«, rief sie dabei. »Seid ihr startklar?«

Die aus dem Fels befreite Lehrerin stand mit erhobenen Händen am Ufer der Nims, die beiden Jungs an ihrer Seite. Elias und sein Zimmergenosse trugen Sportkleidung und wirkten hochkonzentriert. Phillip spannte bereits sichtlich die Muskeln an, und Lenas Bruder schaute zu Boden, als suche er schon nach dem ersten der hier am Fluss versteckten Eier.

»Oh, es geht los«, freute sich Bartholo B. Butterball. Der gemütliche Lehrer war zu Lena und dem Direktor getreten, Pikrit im Schlepptau. »Wie aufregend, findet ihr nicht auch? Unsere ganz eigene Version der Eierlage – quasi am Originalschauplatz.«

Nichts Geringeres war der Plan, wusste Lena. Da die eigentliche Eierlage keine Veranstaltung für kindliche Teilnehmer war und auch in diesem Jahr schon längst ihren Läufer und ihren Raffer gefunden hatte, hatte das Internat Krähenfels kurzerhand beschlossen, eine zweite abzuhalten, draußen im Wald und exklusiv für die Gäste von Burg Krähenfels. Bürgermeister Schultze, Katharina Kuhnst und ein paar weitere Interessierte aus dem Ort waren ebenfalls gekommen, um sich das Spektakel anzusehen. Laut dem Direktor hatte der nette Bürgermeister dafür sogar eine Sondererlaubnis erteilt, die mit allen Schönecker Vereinen und Verbänden abgesprochen war.

Den halben Vormittag über hatten Mehtap und die übrigen Schüler daher Eier im Wald versteckt. Elias musste diese gleich alle finden und »aufraffen«, um Phillip zu schlagen, der in der gleichen Zeit einmal von hier bis zur Jungfernley und zurück laufen würde. Im Grunde, fand Lena, klang das nahezu exakt wie beim Schönecker Originalfest. Nur in einem winzigen weiteren Detail unterschieden sich die beiden Veranstaltungen. Lena ahnte, dass die Lehrerin dort vorn am Bach ihn gleich nennen würde.

»Bereit«, bestätigte Phillip nämlich gerade.

Elias hob fragend den Blick. »Was? Äh, ja. Ich auch. Bereit.«

Frau Schipanellis Augen funkelten amüsiert. »Na, wenn das so ist, erkläre ich den ersten Schönecker Yolanda-Lauf aller Zeiten für eröffnet! Auf die Plätze, Jungs – fertig ...« Nun ließ sie die noch immer erhobenen Hände ruckartig sinken. »Los!«

Sofort liefen Elias und Phillip los. So schnell er nur konnte, bahnte sich Phillip einen Weg durch den Wald, vorbei an den ihm aufmunternd zujubelnden Mitschülerinnen und Mitschülern. Zeitgleich bückte Elias sich nach dem ersten Ei, das neben einem kleinen Stein am Flussufer ruhte, hob es auf und brachte es schnurstracks zu Frau Schipanelli. Dann suchte er Ei Nummer zwei, gefolgt von Nummer drei und immer so weiter.

»Elias schnell«, lobte Pikrit und bückte sich ebenfalls, allerdings nach einem kleinen Kieselstein. Diesen warf er sich dann in den offenen Mund.

»Richtig, Pik.« Lena lachte. »Schnell und stur. Wer hätte gedacht, dass die beiden doch noch ihre Eierlage bekommen.«

»Pikrit«, antwortete der Lavaat mit leisem Schmatzen.

»Ach ja?« Amüsiert hob sie die Brauen. »Du hättest das von Anfang an gedacht?«

Ihr kleiner Freund nickte. Auch Direktor von Schlotterfest und Herr Butterball sahen ihn nun neugierig an.

»Warum warst du dir denn da so sicher, Pik?«, wollte Lena wissen.

Das Vulkanteufelchen zwinkerte ihr zu. »Wegen Schönecken«, antwortete Pikrit. »Und Schönecken immer schön.«

Dem konnten nicht einmal die Erwachsenen widersprechen. Da war Lena sich vollkommen sicher.

~

Wissenswertes über die Sagen und Legenden
aus *Sagenhaft Eifel!*

Yolanda von Vianden lebte im 13. Jahrhundert und wird in ihrer Heimat Luxemburg noch heute als Selige verehrt. Die Tochter eines Grafen wollte schon als Kind in ein Kloster eintreten, doch ihre Eltern bestanden darauf, dass sie Walram II. von Monschau ehelichte. Da Yolanda sich weigerte, sperrten Graf Heinrich I. und seine Gattin Margarethe die junge Frau auf Burg Schönecken in der heutigen Eifel ein. Jahrelang saß Yolanda dort fest, denn sie war nach wie vor nicht bereit, dem Wunsch ihrer Eltern nachzugeben. Im Jahr 1248 bekam sie endlich ihren Willen: Sie zog ins Kloster Marienthal, dem sie mehr als drei Jahrzehnte lang treu bleiben sollte. In Marienthal wurde sie Priorin, förderte den Ausbau der Klosteranlagen und engagierte sich sehr. Nach dem Tod von Graf Heinrich I. zog auch Yolandas Mutter Margarethe nach Marienthal.

Die **Schönecker Schweiz** ist ein Teil der Prümer Kalkmulde und steht schon seit den 1990er Jahren unter Naturschutz. Das knapp neunhundert Hektar große Gebiet im Eifelkreis Bitburg-Prüm beherbergt verschiedene Ökosysteme, die hier alle ineinander greifen – von Laubwäldern über Feuchtwiesen, von felsigen Steilwänden bis hin zu wildblühenden Wacholderheiden. Besonders berühmt ist der so ge-

nannte »Schönecker Dolomit«. Dieser Fels hat sich vor über dreihundert Millionen Jahren in der heutigen Eifel abgelagert. Er und die vielen weiteren Gesichter der Schönecker Schweiz faszinieren jedes Jahr aufs Neue ihre Besucher von nah und fern.

Die **Jungfernley** gehört zu den berühmten Dolomiten der Schönecker Schweiz und ist eine beeindruckende Felsformation. Sie liegt nur einen Spaziergang von Schönecken entfernt und ist leicht zu finden – genau wie die ihr gegenüber zu bewundernde Schusterley. Laut

alten Eifler Sagen entstand der mächtige Fels, weil eine böse Jungfrau vor langer Zeit dort zu Stein erstarrt ist. Laut anderen Legenden nutzten Schönecker Hebammen in der Vergangenheit die »magische Jungfernley«, um Neugeborene für den Ort aus dem Fels zu ziehen. Der Wahrheitsgehalt dieser Geschichten darf aber natürlich arg bezweifelt werden.

Den Titel »Tor zur Unterwelt« hat die **Hohlley** nicht verdient. In dieser besonders auffallenden Höhlenlandschaft nahe Schönecken finden besonders in den Wintermonaten zahlreiche

Tiere, darunter Spinnen und Fledermäuse, eine sichere Zuflucht. Die Hohlley darf daher zu bestimmten Zeiten im Jahr nicht betreten werden, ist aber auch von außen eine Reise wert.

Die **Burg Schönecken** war eine Höhenburg, und ihre Ruine ist noch heute nach allen Seiten von sie schützenden Eifelbergen umgeben. Die Burg entstand wohl im 12. oder frühen 13. Jahrhundert und wird mitunter auch »Clara Costa«

oder »Bella Costa« genannt. Von der über einhundert Meter langen, rechteckigen Anlage stehen heute noch die Umfassungsmauern sowie einige Türme, durch deren offene Fenster man den Ort Schönecken stets gut im Blick hat. Einstmals lebte der Kurfürst von Trier auf der Höhenburg, deren beeindruckende Überreste heute im Eigentum des Landes Rheinland-Pfalz sind.

———

Der Autor

Christian Humberg wuchs im Herzen der Vulkaneifel auf. Heute schreibt er Romane für große und kleine Leser, die schon in knapp ein Dutzend fremder Sprachen übersetzt wurden, und verfasst in Hollywoods Auftrag spannende Comicabenteuer für die bekannten Leinwandhelden aus *Drachenzähmen leicht gemacht, Hotel Transsilvanien, Die Olchis* und *Wickie und die starken Männer.* Von ihm stammen unter anderem die beliebten Kinderbücher *Die Adlerreiter und das Horn der Rohira, Die unheimlichen Fälle des Lucius Adler* und *Die Wächter von Aquaterra* (allesamt Thienemann-Esslinger Verlag) sowie die bereits mehrfach fürs Theater adaptierte und von der Stiftung Lesen empfohlene Reihe *Drachengasse 13* (Edition Roter Drache).

Anlässlich der Frankfurter Buchmesse wurde der Schriftsteller und Literaturübersetzer im Oktober 2015 mit dem Deutschen Phantastik-Preis ausgezeichnet. Wenn Christian mal nicht neue Geschichten erfindet, sieht man ihn oft in Schulen und Büchereien, auf Conventions und Buchmessen, wo er aus seinen Werken liest und aus dem beruflichen Nähkästchen plaudert.

Wer noch mehr über ihn wissen möchte, erfährt es unter **www.christian-humberg.de.**

Leseprobe

Hier gibt's einen kleinen Ausschnitt aus
Band 7, »Der Spuk vom Hochkelberg«.

Der Aussichtsturm »Eifel-Guck« war mehr als fünfhundert
Meter hoch. Von der Spitze des hölzernen Kolosses aus
hatte man einen wunderbaren Blick auf den benachbarten
Hochkelberg, auf das Trockenmaar Mosbrucher Weiher
mit seinen Wiesen und Wäldchen und auch auf die lange
Geschichtsstraße, die quer durch die Region führte und
den Besuchern des Kelberger Landes die Historie der Eifel
näher brachte. Ein toller Ort, wirklich! Dennoch war Elias
Schäfer froh, wieder festen Boden unter den Füßen zu haben.

»Können wir jetzt vielleicht endlich etwas essen?«, klagte der Junge und stieg die letzte Treppenstufe hinunter.

Den ganzen Morgen schon war er schlecht gelaunt. Sein Zimmergenosse Phillip und er hatten sich gestritten, und Elias wartete noch immer auf Phillips Entschuldigung. Selbst der hölzerne Aussichtsturm hatte den Jungen nicht lange ablenken können, genauso wenig wie die albernen Scherze seiner übrigen Schulkameraden, die noch immer auf »Eifel-Guck« herumturnten.

»Was hast du denn heute?«, fragte seine Zwillingsschwester Lena. Auch sie stand wieder auf der Wiese vor dem Turm. Doch im Gegensatz zu Elias grinste sie breit. »Ist die Höhenluft dir nicht bekommen, Hohlbirne?«

»Haha«, brummte Elias. Er hatte ihr nichts von dem Streit erzählt. »Ich bin einfach sauer, weiter nichts. Und ich hab Hunger! Direktor von Schlotterfest hatte uns ein Picknick versprochen, gleich hier am Turm. Also? Wo sind die belegten Brote?« Sein Magen gab prompt ein lautes Knurren von sich.

Lena lachte. »Du klingst ja schon fast wie Pikrit. Aber gut, da vorne steht der Direktor. Fragen wir ihn einfach, okay?«

»Herr Direktor?«, begann Lena. »Mein kleiner Bruder möchte Sie etwas fragen.«

»Ach ja?« Herr von Schlotterfest hob interessiert die Braue, wobei ihm fast das Monokel herunterfiel, und sah ihn an. »Was denn, mein Junge?«

»Eine Minute«, sagte Elias mit leisem Knurren, so dass nur sie es hören konnte. »Ich bin bloß eine Minute jünger als du, Lärma. Dauernd musst du mich damit aufziehen.«

»Und das ist das gute Recht einer jeden großen Schwester«, erwiderte sie schelmisch. »So, Kleiner. Jetzt sag dem lieben Herrn Direktor, was du wissen möchtest.«

Elias rollte mit den Augen, öffnete dann aber den Mund und …

Ein weiteres lautes Magenknurren drang aus seinem Inneren, noch bevor er ein Wort herausgebracht hatte.

»Ah!« Herr von Schlotterfest hob wissend den Zeigefinger. »Ich hab's. Du wartest auf unser Picknick, nicht wahr?« Dann zwinkerte er Lena zu. »Keine Sorge, damit fangen wir jetzt sofort an.« Der Direktor hob die Hände an den Mund, dass sie einen Trichter bildeten, und hob die Stimme. »Kollege Butterball? Haben Sie unseren Proviant dabei?«

Auf der untersten Ebene des Aussichtsturms stand Bartholo B. Butterball. Der Lehrer mit der kreisrunden Mönchsfrisur war rund wie ein Weinfass von der Mosel und gemütlich wie ein verregneter Herbstnachmittag in der Schulbücherei von Burg Krähenfels. Als der Direktor ihn rief, zuckte er zusammen und drehte sich um.

»Was?«, fragte er, während sein erschrockener Blick vergeblich durch die Gegend suchte. »Äh, wer … Wo?«

»Hier unten, lieber Kollege«, rief der Direktor. Er nahm eine Hand vom Mund, um zu winken. »Hier sind wir. Und wir haben Hunger.«

Lena und Elias winkten ebenfalls.

»Hunger?« Abermals erschrak Butterball. Den schwer aussehenden Rucksack auf seinem Rücken schien er erst jetzt wieder zu bemerken. »Oh, äh, natürlich. Unser Imbiss, es wird allerhöchste Zeit. Kommt, Kinder – das Abendbrot ist fertig!«

Butterball eilte die Treppe hinunter, schneller, als seine stolze Statur es vermuten ließ. Elias' und Lenas Schulfreunde folgten ihm, ebenso wie Pikrit und die übrigen Lehrer. Auch Phillip kam vom Turm. Elias würdigte ihn keines Blickes.

Die Gruppe versammelte sich auf der Wiese vor Eifel-Guck. Herr Geiergift und Frau Schipanelli breiteten Picknickdecken aus, während Butterball und der Direktor eine Köstlichkeit nach der anderen aus Butterballs Rucksack holten. Elias lief das Wasser im Mund zusammen, als er die vielen Brote sah, die roten Äpfel und kleinen Radieschen, die Trauben und Käsewürfel und Knackwürste. Es gab duftenden Tee aus einer Thermoskanne und echtes Eifler Mineralwasser aus Glasflaschen. Sein eigentlich bester Freund Phillip und die schwarzhaarige Mehtap hatten sich bereits eine Decke ausgesucht, auf der sie nun Plätze für die Zwillinge freihielten. Elias setzte sich nur widerwillig, und als er es tat, drehte Phillip ihm demonstrativ den Rücken zu. Pikrit nutzte derweil einen halbwegs unbeobachteten Moment, um sich ein besonders großes Käsestückchen einzuverleiben.

»Ich dachte, dir schmecken Kieselsteine besser«, sagte Elias und strich dem Lavaat über den rauen Kopf.

»Käse auch gut«, erwiderte Pikrit und schmatzte genussvoll. »*Sehr* gut.«

»In Ordnung, Leute«, rief Geiergift die Versammlung zu selbiger. »Wir haben den Turm bestiegen und uns die Umgebung ein wenig genauer angesehen. Das war nicht schlecht für einen ersten Tag, oder? Und auch wenn wir jetzt gemeinsam essen, sind wir doch nach wie vor nicht zum Spaß hier draußen, sondern zum Lernen. Wir wiederholen also, was wir heute gelernt haben: Wer von euch kann mir sagen, welche Station der berühmten ›Geschichtsstraße‹ wir vorhin beim Dorf Sassen besichtigt haben?«

Das wusste Elias. Er hob die freie Hand, um aufzuzeigen – in der anderen hielt er gerade ein dick belegtes Käsebrot, das köstlich roch. Doch noch bevor er Geiergift auf sich aufmerksam machen konnte, rempelte Lena ihn von der Seite an.

»Hohlbirne, guck mal«, raunte sie ihm zu. »Da hinten. Irre ich mich, oder sieht das nach Problemen aus?«

Elias drehte den Kopf. Dann sah auch er das Paar, das aus dem Wald hinter dem Aussichtsturm gelaufen kam. Es handelte sich um einen Mann und eine Frau, und beide wirkten älter als Elias' Papa. Der Junge schätzte sie auf mindestens fünfzig. Sie trugen leichte Wanderkleidung und hatten ebenfalls Rucksäcke bei sich. Außerdem wirkten sie, als wäre ihnen ein leibhaftiges Gespenst begegnet.

»Entschuldigung?«, rief der Mann. Er keuchte, hatte schütteres Haar und war ganz blass im Gesicht. »Kennen Sie sich hier aus?«

»Und können Sie uns vielleicht helfen?«, ergänzte seine Begleiterin. Sie schlang die Arme um den Oberkörper, als fröstele sie. Dabei war es kein bisschen kalt. »Oh, das war so gemein!«

Direktor von Schlotterfest erhob sich von seinem Platz auf den Picknickdecken. Neugierig ging er auf die beiden Fremden zu. »Ist alles in Ordnung? Können wir Ihnen helfen?«

»In Ordnung?«, wiederholte der Mann. Er reichte dem Direktor die Hand zum Gruß, und Elias sah, dass er dabei leicht zitterte. »Ich fürchte, nein. Mein Name ist Karl Quahl, und das ist meine liebe Frau Karin. Wir haben uns im Wald verirrt, und … und … Da war plötzlich dieser Mann!«

»Das war kein Mann«, widersprach Karin mit leisem Ton und vielsagendem Kopfschütteln. Ihre Augen wurden ganz groß. »Dieser Kerl im Lodenmantel war kein Mensch, Karl. Sondern irgendein Spuk. Er hat uns furchtbar erschreckt, wissen Sie? Wärst du nicht weggelaufen, wäre er dir vor lauter Gemeinheit auf den Rucksack gesprungen! Das wollte der tatsächlich! Auf deinem Rucksack reiten, als wärst du ein Lastenesel. Und gekichert hat der! Wie ein richtiger kleiner Teufel!«

Lena beugte sich zu Elias vor. »Hörst du das?«, fragte sie leise. »Und denkst du, was ich denke?«

Er verstand sie sofort, und eine Gänsehaut zog über seinen Rücken. Seit Lena und er auf dem Internat lebten, hatten sie nicht nur die Historie der Eifel kennengelernt, sondern auch deren alte Sagen und Legenden. Überall in dieser Region schien es unglaubliche Geschichten zu geben, die die Menschen einander schon seit Generationen erzählten. Sie handelten von Spukgespenstern und verborgenen Schätzen, von Flüchen und Magie, von großen Gefahren und fantastischen Abenteuern. Und wie die Schäfers am eigenen Leib erfahren hatten, steckte in vielen dieser Legenden mehr als nur ein Funken Wahrheit! Die Sagenwelt der Eifel war so real wie Phillips Sturheit – und wenn man nicht aufpasste, dann kam sie und sorgte für Ärger. Dem Ehepaar Quahl schien genau das passiert zu sein.

»Ein Teufel?« Auch Lehrer Geiergift war aufgestanden. Nun trat er zu von Schlotterfest und den beiden Touristen, doch seine vor der Brust verschränkten Arme sprachen Bände. »Ich bitte Sie, übertreiben Sie da nicht ein wenig?«

»Wenn ich es doch sage«, beharrte Karin Quahl. »Erst war dieses Monster klein wie ein Kind. Es hatte sich in den Schatten des Waldes versteckt, drüben beim Teufelsstein. Und dann … Dann wurde es groß und … und seine Augen haben so wild gefunkelt und …«

»Klingt nach einem Streich«, meinte Frau Schipanelli.

Sie sah sich nach Pikrit um, der ihr vorhin ebenfalls Streiche hatte spielen wollen. Doch Lavaats waren in der Lage, sich unsichtbar zu machen, wenn Fremde des Weges kamen. Deswegen fehlte von dem kleinen Kerl nun jede Spur.

»Nach irgendeinem verzogenen Lausbuben«, fuhr die Lehrerin fort, »der Sie erschrecken wollte.«

»Meinen Sie wirklich?«, fragte Karl Quahl. Er klang erleichtert.

»Es gibt keine Teufel im Wald«, stimmte Geiergift seiner Kollegin zu. »Machen Sie sich mal keine Sorgen deswegen. Das war wahrscheinlich irgendein Bengel aus der Nachbarschaft mit seltsamem Sinn für Humor.« Er wechselte das Thema. »Wo wollten Sie eigentlich hin? Sie sagten, Sie hätten sich verirrt – können wir Ihnen vielleicht den Weg weisen?«

»Oh, das wäre wundervoll«, freute sich die Urlauberin.

Geiergift und Schipanelli erklärten dem Ehepaar Quahl, wo es nach Kelberg ging. Elias und Lena wechselten währenddessen aber einen wissenden Blick.

»Denkst du, was ich denke, Hohlbirne?«, wiederholte Lena flüsternd.

Elias sah zu Direktor von Schlotterfest, der sich schon seit einigen Sekunden sehr nachdenklich am Kinn kratzte. »Und ob«, antwortete er dann leise. Mit einem Mal waren Phillip und der Streit vergessen. »Es geht wieder los.«

~

Band 1

Das Schloss am Maaresgrund

ISBN 978-3-946328-00-1

Band 2

Der Schrecken der Teufelsschlucht

ISBN 978-3-946328-16-2

Band 3

Im Reich der Matronen

ISBN 978-3-946328-32-2

Band 4

Der Spuk vom Laacher See

ISBN 978-3-946328-34-6

Band 5
Das Geheimnis der Säubrenner

ISBN 978-3-946328-50-6

Band 6
Das Phantom von Prüm

ISBN 978-3-946328-55-1

Band 7
Der Spuk vom Hochkelberg

ISBN 978-3-98508-018-2

Die Abenteuer unserer drei Helden sind auch als E-Book und Hörbuch erhältlich!

Danksagung

Dieser Roman entstand im Rahmen eines Stipendiums
der Bundesregierung und dank des Förderprogrammes
NEUSTART KULTUR in Zusammenarbeit mit
der VG Wort.

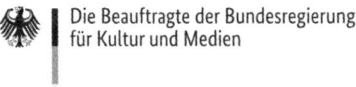

Die Beauftragte der Bundesregierung
für Kultur und Medien